어린 왕자

앙투안 드 생텍쥐페리

어린 왕자

심영아 옮김

펭귄클래식코리아

어린 왕자

초판 1쇄 발행 2017년 4월 5일
초판 4쇄 발행 2023년 4월 17일

지은이 | 앙투안 드 생텍쥐페리 옮긴이 | 심영아
발행인 | 이재진 단행본사업본부장 | 신동해
마케팅 | 최혜진 최지은 홍보 | 반여진 허지호 정지연
제작 | 정석훈 국제업무 | 김은정 김지민

브랜드 펭귄클래식 코리아
주소 경기도 파주시 회동길 20 웅진씽크빅 단행본사업본부 펭귄클래식코리아
문의전화 031-956-7066(편집) 031-956-7127(마케팅)
홈페이지 www.wjbooks.co.kr
인스타그램 www.instagram.com/woongjin_readers
페이스북 https://www.facebook.com/woongjinreaders
블로그 blog.naver.com/wj_booking

펭귄클래식 코리아는 유리장 에이전시를 통해 펭귄북스와 제휴한
(주) 웅진씽크빅 단행본사업본부의 브랜드입니다. 펭귄 및 관련 로고는
펭귄북스의 등록 상표입니다. 허가를 받아야만 사용할 수 있습니다.
Penguin Classics Korea is the Joint Venture with Penguin Books Ltd
arranged through Yu Ri Jang Literary Agency. Penguin and the associated logo
are registered and/or unregistered trade marks of Penguin Books Limited.
Used with permission.

이 책은 저작권법에 따라 보호받는 저작물이므로 무단 전재와 무단 복제를 금지하며,
이 책 내용의 전부 또는 일부를 이용하려면 반드시 저작권자와 (주)웅진씽크빅의
서면 동의를 받아야 합니다.

한국어판 ⓒ 웅진씽크빅, 2017

ISBN 978-89-01-21574-7 04800
ISBN 978-89-01-18101-1 (세트)

• 잘못된 책은 구입하신 곳에서 바꾸어 드립니다.
• 책값은 뒤표지에 있습니다.

레옹 베르트에게

 이 책을 어른에게 바치는 것을 어린이들이 용서해 주길 바란다. 그럴 만한 진지한 이유가 있다. 이 어른은 나에게 세상에서 가장 좋은 친구다. 다른 이유도 있다. 그는 모든 것을, 심지어는 어린이를 위한 책까지 이해할 수 있는 어른이다. 세 번째 이유도 있다. 이 어른은 지금 프랑스에 사는데 춥고 배고프다. 그에게는 위로가 필요하다. 이 모든 이유로도 충분치 않다면, 어린이였던 그에게 이 책을 바치고 싶다. 모든 어른은 원래 어린이였으니까(하지만 그걸 기억하는 사람은 별로 없다). 그러므로 다음과 같이 헌사를 고친다.

어린 소년 시절의
레옹 베르트에게

1

여섯 살 때 『실화들』이라는 제목의 원시림에 대한 책에서 멋진 그림을 본 적이 있다. 맹수를 삼키는 보아뱀 그림이었다. 그 그림은 위와 같았다.

그 책에는 이렇게 쓰여 있었다. "보아뱀은 먹이를 씹지 않고 통째로 삼킨다. 그러고 나면 움직일 수가 없어서 먹이가 소화될 때까지 여섯 달 동안 잠을 잔다."

나는 정글에서 벌어지는 모험들에 대해 골똘히 생각했고 색연필로 나의 첫 번째 그림을 그리는 데 성공했다. 나의 그림 1호는 다음과 같았다.

나는 내 걸작을 어른들에게 보여주며 무섭지 않느냐고 물었다. 그들은 대답했다. "모자가 왜 무섭다는 거지?"

내 그림은 모자를 그린 게 아니라 코끼리를 소화시키고 있는 보아뱀을 그린 것이었다. 그래서 어른들이 이해할 수 있도록 보아뱀의 배 속을 그렸다. 어른들에게는 언제나 설명을 해줘야 한다. 나의 그림 2호는 다음과 같았다.

어른들은 나에게 속이 보이거나 보이지 않는 보아뱀을 그리는 일은 그만두고 지리, 역사, 산수, 문법에 관심을 가져보라고 충고했다. 그렇게 해서 나는 내 나이 여섯 살에 전도양양한 화가의 길을 접었다. 나의 그림 1호와 2호가 이해받지 못한 것에 낙담한 것이다. 어른들은 어느 것 하나 혼자서 이해하는 법이 없다. 언제나 설명을 해야 하니 어린이로서는 피곤한 일이다.

다른 직업을 선택해야만 했던 나는 비행기 조종을 배웠다. 나는 거의 전 세계를 비행했다. 과연 지리는 큰 도움이 되었다. 나는 한 번 보기만 해도 중국과 애리조나 땅을 구별할 수 있었다. 그런 능력은 밤중에 길을 잃었을 때 아주 유용하다.

그렇게 살아오는 동안 나는 수많은 진지한 사람들과 만났다. 어른들의 집에서 지낸 적도 많았다. 나는 그들을 가까이에서 보았다. 하지만 그들에 대한 나의 생각은 크게 나아지지 않았다.

좀 똑똑해 보이는 사람을 만날 때마다 내가 항상 간직하고 다니던 그림 1호로 실험을 해보았다. 정말 이해력이 있는지 보기 위해서였다. 하지만 한결같이 "모자군요"라는 대답뿐이었다. 그런 사람에게는 보아뱀에 대해서도, 원시림에 대해서도, 별에 대해서도 이야기하지 않았다. 그의 수준에 맞추어 브리지 게임, 골프, 정치와 넥타이 이야기를 했다. 그러면 그 어른은 나처럼 지각 있는 사람을 알게 된 것에 썩 만족하는 것이었다.

2

 6년 전 사하라 사막에서 비행기가 고장 나기 전까지 나는 그렇게 진짜 대화를 나눌 사람 하나 없이 홀로 지냈다. 모터 어딘가가 부서졌는데, 기술자도 승객도 없던 터라 그 어려운 수리를 혼자서 해내기로 결심했다. 나에게는 생사가 걸린 일이었다. 물은 간신히 일주일을 버틸 만큼뿐이었다.

 그렇게 첫날 밤 나는 사람이 사는 모든 지역에서 천 마일이나 떨어진 사막 위에서 잠이 들었다. 뗏목을 타고 대양을 떠도는 조난자보다 더 고립되어 있었다. 그러니 해가 틀 무렵 깜찍한 작은 목소리가 나를 깨웠을 때 내가 얼마나 놀랐을지는 짐작이 갈 것이다. 그 목소리는 말했다.

 "저기…… 양 한 마리만 그려줘!"

 "뭐?"

 "양 한 마리만 그려달라고……."

 나는 벼락이라도 맞은 듯이 벌떡 일어났다. 눈을 비비고 주변을 잘 살펴보았다. 심각하게 나를 바라보는 신기한 꼬마가 눈에 들어왔다. 이것이 나중에 내가 그린 그의 초상화 중 제일

이것이 나중에 내가 그린 그의 초상화 중 제일 잘된 것이다

잘된 것이다. 물론 실물은 내 그림보다 훨씬 매력적이다. 이건 내 잘못이 아니다. 여섯 살 때 어른들 때문에 화가의 길을 접을 수밖에 없었고, 그래서 속이 보이는 보아뱀과 보이지 않는 보아뱀 말고는 아무것도 그려본 적이 없으니까.

아무튼 나는 휘둥그레진 눈으로 난데없이 나타난 그 꼬마를 바라보았다. 내가 사람이 사는 모든 마을에서 천 마일이나 떨어진 곳에 있었다는 사실을 기억하기 바란다. 그 꼬마는 길을 잃은 것 같지도, 죽을 만큼 피곤하거나 죽을 만큼 목마른 것 같지도, 겁에 질려 있는 것 같지도 않아 보였다. 사람이 사는 곳에서 천 마일 떨어진 사막 한가운데서 길을 잃은 어린애 같은 모습은 하나도 없었다. 간신히 말을 할 수 있게 되자, 나는 이렇게 말했다.

"여기서 뭐하고 있는 거지?"

그러자 그는 아주 심각한 일인 것처럼 부드럽게 다시 말했다.

"부탁이야…… 양을 그려줘……."

신비가 압도적일 때는 감히 거역하지 못하는 법이다. 사람이 사는 마을에서 천 마일 떨어진 곳에서 죽을지도 모르는 판에 발도 안 되는 일처럼 보일지라도, 나는 호주머니에서 종이와 만년필을 꺼냈다. 하지만 지리, 역사, 산수와 문법 외에는 배운 적이 없다는 사실이 떠올라 (기분이 좀 나빠져서는) 그림을 그릴 줄 모른다고 꼬마에게 말했다. 그는 대답했다.

"괜찮아. 양을 그려줘."

나는 한 번도 양을 그려본 적이 없었기 때문에 내가 그릴 수 있는 단 두 가지 그림 중 하나를 그려주었다. 속이 보이지 않는 보아뱀 그림이었다. 그리고 꼬마의 대답에 깜짝 놀랐다.

"아니, 아니야! 난 보아뱀 배 속의 코끼리는 원하지 않아. 보아뱀은 너무 위험하고, 코끼리는 너무 거추장스럽단 말이야. 내가 사는 곳은 아주 작아.
난 양이 필요해. 양을 그려줘."

그래서 나는 양을 그렸다.

그는 주의 깊게 보더니 말했다.

"안 돼! 이 양은 벌써 많이 아프잖아. 다른 양을 그려줘."

나는 다시 그렸다. 내 친구는 상냥하게 미소를 지으며 너그럽게 말했다.

"잘 봐…… 이건 양이 아니라 염소야. 뿔이 있잖아……."

그래서 또다시 그렸다.

하지만 앞에 그린 것들처럼 퇴짜를 맞았다.

"이 양은 너무 늙었어. 난 오래 살 양을 원해."

얼른 비행기 수리를 시작하고 싶었던 나는 더 이상 참지 못하고 이런 그림을 휘갈겼다.

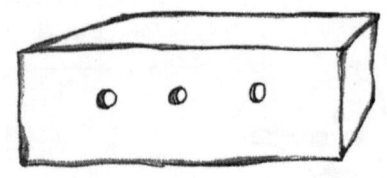

나는 말했다.
"이건 상자야. 네가 원하는 양은 그 안에 있어."
놀랍게도 어린 심사위원의 얼굴이 환해졌다. 그는 말했다.
"내가 원하던 게 바로 이거야! 이 양에게 풀이 많이 필요할 것 같아?"
"그건 왜?"
"내가 사는 곳은 아주 작으니까……."
"틀림없이 충분할 거야. 아주 작은 양을 그려줬으니까."
그는 그림 위로 고개를 숙였다.
"그렇게 작지도 않은데…… 이런! 잠들었네……."
이렇게 해서 나는 어린 왕자를 알게 되었다.

3

 그가 어디서 왔는지 이해하는 데는 많은 시간이 필요했다. 어린 왕자는 나에게 많은 질문을 했지만 내 질문에는 조금도 귀를 기울이는 것 같지 않았다. 나는 우연히 나온 말들을 통해 조금씩 조금씩 모든 것을 알게 되었다. 내 비행기를 처음으로 보았을 때 (비행기는 그리지 않겠다. 내가 그리기엔 너무 복잡한 그림이니까) 그는 물었다.
 "이 물건은 뭐야?"
 "그냥 물건이 아니야. 날아다녀. 비행기야. 내 비행기."
 나는 그에게 날아다닌다고 말하는 것이 자랑스러웠다. 그가 소리쳤다.
 "뭐라고! 그럼 하늘에서 떨어진 거네!"
 "그렇지." 나는 겸손하게 대답했다.
 "아! 재미있는걸!"
 어린 왕자는 큰 소리로 웃음을 터뜨려 내 기분을 퍽이나 상하게 했다. 나는 남들이 나의 불행을 심각하게 받아들이기를 바란다. 그는 다시 말했다.

"그러니까 너도 하늘에서 왔구나! 어느 별에서 온 거야?"

나는 그의 신비를 밝혀줄 한 줄기 빛이 보이는 것 같아 얼른 물었다.

"그럼 넌 다른 별에서 온 거야?"

하지만 그는 대답하지 않았다. 그는 여전히 내 비행기를 바라보며 부드럽게 고개를 끄덕였다.

"그래, 이걸 타고 아주 멀리서 올 수는 없었겠다……."

그러고는 긴 몽상에 잠겼다. 그는 내가 그려준 양을 호주머니에서 꺼내더니 그 보물을 찬찬히 들여다보았다.

그가 슬쩍 털어놓은 '다른 별들' 이야기에 나의 호기심이 얼마나 동했을지 여러분도 짐작이 갈 것이다. 나는 좀 더 알아내려고 애썼다.

"너는 어디서 온 거야? '내가 사는 곳'이란 어디지? 내가 그려준 양을 어디로 데려가는데?"

그는 생각에 잠긴 듯이 침묵하다가 대답했다.

"네가 그려준 상자가 좋은 건, 밤이면 양에게 집 구실을 한다는 거지."

"물론이지. 네가 착하게 굴면 낮 동안 양을 묶어둘 끈을 그려줄게. 말뚝도."

어린 왕자는 이 제안에 충격을 받은 것 같았다.

"묶어둔다고? 정말 이상한 생각이야!"

"하지만 양을 묶어두지 않으면 아무 데나 갈 거고 길을 잃어버릴 거야……."

그러자 나의 친구는 다시 웃음을 터뜨렸다.

"가긴 어딜 간다는 거야!"

"아무 데나. 쭉 앞으로……."

그러자 어린 왕자는 진지하게 말했다.
"괜찮아. 내가 사는 곳은 정말 좁거든!"
그리고 어딘지 약간 우울한 목소리로 덧붙였다.
"곧장 앞으로 가도 멀리 갈 수가 없어……."

소행성 B612호 위의 어린 왕자

4

그렇게 해서 나는 아주 중요한 두 번째 사실을 알게 되었다. 어린 왕자가 떠나온 별이 겨우 집 한 채보다 클까 말까 하다는 것이다!

물론 크게 놀라지는 않았다. 지구, 목성, 화성, 금성처럼 이름 있는 큰 별 말고도 망원경으로 보기 힘들 만큼 작은 별들이 존재한다는 것을 알고 있었기 때문이다. 천문학자는 이런 별을 하나 발견하면 숫자로 이름을 달아준다. 예를 들어 '소행성 3251호'라고 부르는 것이다. 나에게는 어린 왕자가 떠나온 별이 소행성 B612호라고 믿을 만한 중요한 근거가 있다. 1909년 터키의 천문학자가 딱 한 번 그 소행성을 관측한 적이 있다. 그는 국제천문학 학회에서 이를 멋지게 증명해 보였다. 하지만 그의 의상 때문에 아무도 그의 말을 믿지 않았다. 어른들은 항상 이런 식이다.

소행성 B612호의 평판을 위해서는 다행스럽게도, 터키의 한 독재자가 국민들에게 유럽식으로 옷을 입지 않으면 사형에 처하겠다고 공표했다. 그 천문학자는 1920년 아주 우아한 옷을

입고 다시 발표를 했다. 이번에는 모두 그의 의견에 찬성했다.

내가 여러분에게 소행성 B612호에 대해 이렇게 자세히 이야기하며 번호까지 알려주는 것은 모두 어른들 때문이다. 어른들은 숫자를 좋아한다. 새로운 친구를 사귀었다고 이야기하면 어른들은 절대로 진짜 중요한 것은 묻지 않는다. "목소리는 어때? 그 애가 가장 좋아하는 놀이가 뭐니? 나비를 채집하니?"라고 묻는 일은 결코 없다. 그들은 항상 이렇게 묻는다. "몇 살이니? 형제가 몇이야? 몸무게는? 아빠는 얼마나 벌지?" 그들은 이런 걸 알아야만 그 친구를 안다고 생각한다. 만약 여러분이 어른들에게 "장밋빛 벽돌로 지은 아름다운 집을 봤는데, 창에는 제라늄이 피어 있고 지붕에는 비둘기가 있었어"라고 이야기한다면 그들은 그 집을 짐작하지 못할 것이다. 그들에게는 "십만 프랑짜리 집을 봤어"라고 말해야만 한다. 그러면 비로소 "정말

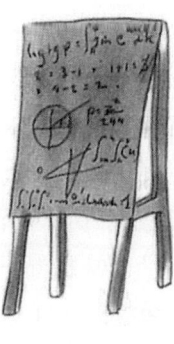

멋진 집이구나!"라며 감탄하는 것이다.

그러니까 여러분이 어른들에게 "어린 왕자가 존재했다는 증거는 그가 매혹적이었고 양 한 마리를 원했다는 거야. 양을 원한다는 건 살아 있다는 증거라고"라고 말한다면 그들은 어깨를 으쓱하며 여러분을 어린아이로 취급할 것이다! 하지만 "그는 소행성 B612호에서 왔어"라고 말한다면 여러분의 말을 믿고 더 이상 질문을 늘어놓으며 귀찮게 하지 않을 것이다. 어른들은 원래 이런 식이다. 그들을 원망해서는 안 된다. 어린이들은 어른들을 아주 너그럽게 대해야만 한다.

물론 인생을 이해하는 우리는 숫자 따위 우습게 본다! 나는 이 이야기를 동화처럼 시작하고 싶었다. 이렇게 시작했으면 좋았을 것이다. "옛날 옛적에 자기보다 조금 더 큰 별에 사는 어린 왕자가 있었는데, 그 왕자에게는 친구가 필요했다." 인생을 아는 사람들에게는 이런 이야기가 훨씬 더 진짜처럼 들렸을 것이다.

나는 사람들이 내 책을 건성으로 읽는 게 싫다. 이 추억을 이야기하는 것은 정말로 가슴 아픈 일이다. 내 친구가 양과 함께 떠난 지도 어느덧 여섯 해가 지났다. 내가 여기서 그에 대해 이야기하는 것은 그를 잊지 않기 위해서다. 친구를 잊는다는 것은 슬픈 일이다. 누구에게나 친구가 있는 것은 아니다. 게다가 나 역시 숫자에만 관심 있는 어른들처럼 될 수 있다. 그래서 물감과 연필을 샀다. 여섯 살에 속이 보이는 보아뱀과 보이지 않는 보아뱀을 그린 것 말고는 아무것도 그려본 적이 없는 사람이 이 나이에 다시 그림을 시작하는 것은 힘든 일이다! 물론 최대한 닮은 그림들을 그리려 노력이야 하겠지만 성공할 수 있을지 잘 모르겠다. 어떤 그림은 괜찮지만 다른 그림은 하나도 닮지 않았다. 나는 그의 키조차 조금씩 틀린다. 어떤 그림의 어린 왕자는 너무 크다. 또 다른 그림에서는 너무 작다. 그가 입었던 옷 색깔에도 자신이 없다. 그래서 이렇게도 해보고 저렇게도 해보며 어찌어찌 그려나간다. 결국은 더 중요한 디테일에서 틀릴 수도 있다. 하지만 이건 눈감아주어야 한다. 내 친구는 설명을 해주는 법이 없었다. 어쩌면 내가 자기와 비슷하다고 생각했는지도 모른다. 하지만 나는 불행하게도 상자 속의 양을 볼 수 없다. 어쩌면 좀 어른같이 되어버렸는지도 모른다. 나도 나이를 먹었으니까.

5

 날마다 나는 어린 왕자의 별과 그가 그곳을 떠난 일, 그 후의 여행에 대해 조금씩 알게 되었다. 이런 일들은 그의 상념이 흐르는 대로 아주 천천히 드러났다. 사흘째 되던 날 바오바브나무 이야기를 알게 된 것도 그렇게 해서였다.
 이번에도 역시 양 덕분이었는데, 어린 왕자는 심각한 의심에 사로잡힌 것처럼 불쑥 나에게 물었다.
 "양들이 작은 나무를 먹는다는 게 정말이야? 아니야?"
 "응, 정말이야."
 "아! 그럼 됐어."
 나는 양들이 나무를 먹는 게 왜 그렇게 중요한지 이해가 가지 않았다. 하지만 어린 왕자는 다시 물었다.
 "그러니까 바오바브나무도 먹겠네?"
 나는 어린 왕자에게 바오바브나무는 작은 나무가 아니라 교회처럼 커다란 나무이며, 설령 그가 코끼리 한 부대를 데려간다 해도 바오바브나무 한 그루를 해치우지 못할 것이라고 설명했다.

코끼리 한 부대 생각에 어린 왕자는 웃음을 터뜨렸다.
"그럼 코끼리들을 포개야 할 거야……."
하지만 그는 조리 있게 지적했다.
"바오바브나무도 크게 자라기 전에 조그만 때가 있었잖아."
"맞아! 그런데 왜 양이 어린 바오바브나무를 먹길 바라지?"
그는 뻔한 일이라는 듯이 "아! 알잖아!"라고 대답했다. 나는 이 문제를 혼자 이해하느라 한참이나 머리를 굴려야 했다.

사실 어린 왕자의 별에는 다른 모든 별과 마찬가지로 좋은 풀과 나쁜 풀이 있다. 따라서 나쁜 풀이 나는 나쁜 씨앗과 좋은 풀이 나는 좋은 씨앗이 있다. 하지만 씨앗들은 눈에 보이지 않는다. 씨앗들은 땅속 깊은 곳에서 잠을 자고 있다. 그러다 그중 하나에게 문득 깨어나고 싶은 마음이 든다. 그러면 그 씨앗은 기지개를 켠 다음 우선 태양을 향해 순하고 귀여운 싹을 수줍게 내민다. 그게 순무나 장미의 싹이라면 마음대로 자라게 내버려 두어도 상관없다. 하지만 나쁜 식물이라면 알아보는 즉시 뽑아내야 한다. 그런데 어린 왕자의 별에는 끔찍한 씨앗들이 있었으니…… 바로 바오바브나무 씨앗이었다. 그 별의 땅에는 바오바브나무 씨앗이 퍼져 있었다. 바오바브나무는 너무 늦게 처리하면 영영 없애버릴 수 없게 된다. 별 전체를 꽉 메워버리고 그 뿌리로 별에 구멍을 낸다. 별은 작은데 바오바브나무가 너무 많으면 별이 터져버리고야 마는 것이다.

나중에 어린 왕자는 말했다.

"그건 규율의 문제야. 아침 단장이 끝나면 별도 정성껏 단장을 해주는 거지. 아주 어릴 때 장미랑 바오바브나무는 무지 비슷한데, 바오바브나무라는 걸 구별할 수 있게 되면 즉시 그 나무뿌리를 규칙적으로 뽑아내야만 해. 아주 지루하지만 매우 쉬

운 일이지."

어느 날 그는 바오바브나무의 위험성을 지구 어린이들의 머릿속에 확실히 새겨줄 멋진 그림을 그려보라고 충고했다.

"언젠가 어린이들이 여행을 하게 되면 그 그림이 도움이 될

바오바브나무들

거야. 가끔은 할 일을 나중으로 미뤄도 괜찮아. 하지만 바오바브나무를 그렇게 했다가는 반드시 큰일이 나거든. 나는 게으른 사람이 살고 있던 별을 하나 알고 있어. 그 사람은 작은 나무 세 그루를 그냥 보아 넘겼지……."

그래서 나는 어린 왕자의 설명에 따라 이 별을 그렸다. 나는 훈계조로 말하는 것을 전혀 좋아하지 않는다. 하지만 바오바브나무의 위험은 너무 적게 알려져 있고 소행성을 헤맬 사람이 겪게 될 위험은 너무나 크기 때문에 이번 한 번만 평상시의 조심성을 내려놓겠다. "어린이들! 바오바브나무를 조심하세요!" 내가 이 그림을 그토록 열심히 그린 것은 오래전부터 어린이들 가까이에 있었던 위험, 나 역시 가까이 있으면서도 몰랐던 위험을 친구들에게 경고하기 위해서다. 내가 전하는 교훈은 열심히 그릴 만한 가치가 있었다. 여러분은 아마도 이렇게 물을지 모르겠다. 어째서 이 책의 다른 그림들은 바오바브나무 그림처럼 웅장하지 않죠? 간단하다. 그렇게 그리려고 했지만 실패했기 때문이나. 바오바브나무 그림을 그릴 때는 위기의식에 고무되어 있었던 것이다.

6

아! 어린 왕자, 그렇게 나는 너의 조촐하고 쓸쓸한 삶을 조금씩 알게 되었다. 오랫동안 네가 기분 전환 할 거리라곤 석양을 바라보는 일밖에 없었다. 이 새로운 사실을 나는 나흘째 되던 날 아침 네가 이렇게 말했을 때 알았다.

"난 석양이 좋아. 석양을 보러 가자⋯⋯."

"그렇지만 기다려야지."

"뭘 기다려?"

"해가 지는 걸 기다려야지."

처음에 너는 깜짝 놀란 눈치였지만 이내 스스로를 비웃었다. 그리고 나에게 말했다.

"아직도 내 별에 있는 줄 안다니까."

정말 그렇다. 누구나 알다시피 미국이 정오일 때 프랑스에서는 해가 진다. 석양을 보려면 1분 안에 프랑스로 가기만 하면 된다. 불행하게도 프랑스는 너무나 멀리 있다. 하지만 너의 작은 별에서는 의자를 몇 걸음 당기기만 하면 됐다. 그러면 원할 때마다 석양을 볼 수 있었던 것이다.

"어느 날은 석양을 마흔네 번 봤어!"
조금 있다가 너는 덧붙였다.
"있잖아…… 몹시 슬플 때는 석양이 좋아져……."
"그러니까 석양을 마흔네 번 본 날은 그만큼 슬펐단 말이야?"
하지만 어린 왕자는 대답하지 않았다.

7

 닷새째 되는 날, 역시 양 덕분에 어린 왕자의 삶에 대한 새로운 비밀이 드러났다. 그는 아무런 설명도 없이 불쑥, 혼자 오랫동안 생각해 온 문제인 것처럼 물었다.
 "양이 작은 나무를 먹는다면 꽃도 먹을까?"
 "닥치는 대로 먹어치우지."
 "가시가 있는 꽃도?"
 "응, 가시가 있는 꽃도."
 "그럼 가시가 무슨 소용이지?"
 나도 모르는 일이었다. 그때 나는 모터의 나사못 하나를 푸는 데 정신이 팔려 있었다. 비행기 고장이 생각보다 심각해 보였고, 마실 물은 떨어져가 최악의 경우가 염려되었기 때문에 몹시도 걱정스러웠다.
 "가시 말이야, 무슨 소용이 있는 거야?"
 어린 왕자는 한번 질문을 하면 절대 포기하는 법이 없었다. 나는 나사못 때문에 화가 나서 아무렇게나 대답했다.
 "가시는 아무 쓸모도 없어, 순전히 꽃들의 심술이지!"

"아!"

하지만 잠시 침묵한 뒤 그는 화가 난 것처럼 말했다.

"그럴 리가 없어! 꽃들은 약해. 순진하고. 할 수 있는 대로 스스로를 안심시키는 거야. 가시가 있으면 자기들이 무시무시할 거라고 믿는 거지……."

나는 아무 대답도 하지 않았다. 그때 나는 이런 생각을 하고 있었다. '이 나사못이 말을 듣지 않으면 망치로 부숴버려야겠어.'

어린 왕자가 다시 내 생각을 끊었다.

"그러니까 너는 꽃들이……."

"아니! 아니! 나는 아무 생각도 없어! 아무렇게나 대답한 거야. 난 중요한 일을 하고 있단 말이야!"

그는 깜짝 놀라 나를 바라보았다.

"중요한 일이라고!"

어린 왕자는 망치를 손에 들고 손가락이 기름때로 까매진 채 그에게는 아주 추해 보이는 물건 위로 고개를 숙이고 있는 나를 보았다.

"꼭 어른들처럼 말하네!"

그 말에 나는 좀 부끄러웠다. 하지만 그는 사정없이 계속 말했다.

"넌 모든 걸 혼동해…… 모든 걸 뒤섞어버린다고!"

그는 정말로 화가 잔뜩 나 있었다. 그의 황금빛 머리카락이 바람에 휘날렸다.

"나는 시뻘건 얼굴을 한 남자가 살고 있는 별을 알고 있어. 그는 꽃향기를 맡아본 적이 한 번도 없어. 별을 본 적도 없지. 누굴 사랑해 본 적도 없고. 계산 말고 다른 걸 해본 적이 한 번도 없어. 그리고 하루 종일 너처럼 "난 진지한 사람이야! 난 진지한 사람이야!"라고 되풀이하면서 잔뜩 오만에 부풀어 있지. 하지만 그는 사람이 아니라 버섯이야!"

"뭐라고?"

"버섯!"

어린 왕자는 이제 분노로 창백해져 있었다.

"수천 년 동안 꽃들은 가시를 만들어냈어. 수천 년 동안 양들은 꽃들을 먹어왔고. 그런데도 왜 꽃들이 아무 짝에도 쓸모없는 가시를 만들어내는지 이해하는 게 중요하지 않다고? 꽃과 양의 전쟁은 중요하지 않단 말이야? 이게 뚱뚱하고 시뻘건 남자의 계산보다 더 심각하고 중요한 일이 아니라고? 내가 아는, 이 세상에 하나뿐인 꽃, 오로지 내 별에만 있는 꽃을, 어느 날 아침, 양 한 마리가 자기가 무슨 일을 하는지도 모르고 한입에 먹어버

릴 수 있는데, 그게 중요하지 않다고?"

그는 얼굴을 붉히며 다시 말했다.

"만약 누군가 수백만 개의 별에 딱 한 송이밖에 없는 꽃을 사랑한다면, 그는 별들을 바라보기만 해도 행복할 거야. '저기 어딘가 내 꽃이 있어' 하고 생각하면서. 하지만 양이 그 꽃을 먹어버린다면, 그에게는 갑자기 모든 별들이 꺼져버린 것과 같겠지! 그런데 그게 중요하지 않다고!"

그는 더 이상 말을 잇지 못했다. 그는 갑자기 울음을 터뜨렸다. 이미 밤이 내려 있었다. 나는 진즉에 공구들을 내려놓았다. 망치, 나사못, 갈증이나 죽음 따위는 안중에 없었다. 한 별, 한 행성, 나의 행성인 지구 위에 내가 위로해 주어야 할 어린 왕자가 있다! 나는 그를 품에 안고 달랬다. 나는 그에게 말했다. "네가 사랑하는 꽃은 위험하지 않아. 양에게 입마개를 그려줄게. 네 꽃을 위한 갑옷을 그려줄게. 내가……." 나는 딱히 무슨 말을 해야 할지 알 수 없었다. 나 자신이 아주 서툴게 느껴졌다. 나는 어떻게 해야 어린 왕자에게 가닿을 수 있는지, 어디에서 그에게 다가갈 수 있는지 알 수 없었다. 눈물의 나라는 그렇게나 신비로운 곳이다.

8

나는 곧 그 꽃을 더 알게 되었다. 어린 왕자가 사는 별에는 언제나 단순한 홑겹의 꽃들이 피고는 했는데, 그런 꽃들은 자리를 차지하지도, 누군가를 귀찮게 하지도 않았다. 그 꽃들은 어느 날 아침 풀밭에 피었다가 그날 저녁이면 지곤 했다. 그런데 그 꽃은 어디서 왔는지 모를 씨 잇에서 이느 날 싹이 텄고, 어린 왕자는 다른 싹들과 전혀 다른 그 싹을 아주 주의 깊게 감시했다. 새로운 종류의 바오바브일지도 모르는 일이었다. 하지만 그 나무는 곧 자라기를 멈추더니 꽃을 피울 준비를 시작했다. 커다란 꽃 봉오리가 생겨 나는 것을 지켜본 어린 왕자

는 분명 기적 같은 일이 일어나리라 짐작했지만, 꽃은 줄곧 초록색 방 안에 숨어 아름다운 모습을 준비했다. 꽃은 세심하게 색깔을 골랐다. 천천히 옷을 입으며 한 장 한 장 꽃잎을 매만졌다. 개양귀비처럼 온통 꼬깃꼬깃한 모습으로 나오고 싶지 않았던 것이다. 꽃은 자신의 아름다움이 한껏 빛나는 가운데에서만 등장하고 싶었다. 아! 그렇다. 꽃은 애교 덩어리였다! 꽃의 몸단장은 며칠하고도 또 며칠 동안 계속되었다. 그러더니 마침내 어느 날 아침, 딱 해가 뜨는 시간에 꽃이 모습을 드러냈다.

꽃은 그토록 신경 써서 준비했으면서도 하품을 하며 이렇게 말했다.

"아! 이제 막 깨어나서…… 이해해 주세요. 아직 머리가 엉

망이라……."

어린 왕자는 찬탄을 억누를 수 없었다.

"아! 당신은 너무나 아름답군요!"

"그렇죠? 게다가 저는 태양과 같은 시간에 태어났어요."

꽃이 부드럽게 대답했다.

어린 왕자는 그 꽃이 그다지 겸손한 편이 아니라는 것을 알아차렸지만, 그래도 그녀는 너무나 감동적이었다!

꽃이 다시 말했다.

"이제 아침 먹을 시간 같은데, 저도 좀 생각해 주시겠어요?"

당황한 어린 왕자는 시원한 물이 든 물뿌리개를 가져와 꽃에게 물을 주었다.

이렇게 꽃은 조금 예민한 허영심으로 곧바로 어린 왕자를 괴롭히기 시작했다. 예를 들어 어느 날인가는 자신의 가시 네 개에 대해 이야기하다 어린 왕자에게 이렇게 말했다.

"호랑이들이 발톱을 세우고 올지도 몰라요!"

"내 행성에 호랑이는 없어요. 그리고 호랑이는 풀을 먹지 않아요."

어린 왕자가 반박했다.

"저는 풀이 아니에요."

꽃이 부드럽게 대답했다.

"미안해요……."

"저는 호랑이는 하나도 안 무섭지만 바람은 질색이에요. 혹시 병풍 있어요?"

'바람이 질색이라

니…… 식물로서는 운이 없군. 퍽이나 까다로운 꽃이네.' 어린 왕자는 생각했다.

"저녁이면 저에게 유리 덮개를 씌워주세요. 당신 별은 너무 추워요. 자리를 잘못 잡았어요. 제가 떠나온 곳은……."

하지만 그녀는 거기서 말을 멈추었다. 씨앗의 형태로 왔으니 다른 세상에 대해 알 리가 없었다. 그토록 순진한 거짓말을 하려다 들통이 난 게 부끄러워진 꽃은 두세 번 기침을 하며 어린 왕자에게 잘못을 돌리려고 했다.

"병풍은?"

"찾으러 가려는데 당신이 말을 했잖아요!"

그러자 그녀는 어린 왕자가 가책을 느끼게 하려고 억지로 더

욱 기침을 했다.

이렇게 해서 어린 왕자는 사랑에서 우러나오는 선의에도 불구하고 곧 그녀를 의심하기 시작했다. 그는 꽃의 하찮은 말들을 심각하게 받아들였고 매우 불행해졌다.

어느 날 그는 내게 털어놓았다.

"꽃의 말을 듣지 말았어야 했어. 꽃들의 말은 절대로 들으면 안 돼. 꽃들은 그저 바라보고 향기를 맡는 거야. 꽃이 별을 향기롭게 해주었는데 나는 그걸 즐길 줄 몰랐어. 나에게 그토록 거슬렸던 그 발톱 이야기도 불쌍히 여겼어야 했는데……."

그리고 또다시 이렇게 털어놓았다.

"그때 나는 아무것도 몰랐어! 말이 아니라 행동을 보고 판단했어야 하는데! 꽃은 나한테 향기와 고운 빛깔을 주고 있었어. 도망가서는 절대 안 되는 거였어! 그녀의 딱한 속임수 아래 감

쳐진 다정한 마음을 헤아렸어야 했는데! 꽃들은 정말 모순투성이거든! 하지만 그녀를 사랑하기엔 난 너무 어렸어."

9

 나는 어린 왕자가 철새 떼의 이동을 이용해 별을 떠났을 거라고 생각한다. 떠나는 날 아침 그는 별을 잘 정리했다. 그는 활화산들의 분화구를 정성껏 청소했다. 그에게는 활화산이 두 개 있었는데, 아침 식사를 따듯하게 데우기에 아주 편리했다. 사화산도 하나 있었다. 하지만 그가 말한 대로 "무슨 일이 생길지 모르는 법!"이라 사화산도 청소했다. 화산들은 분화구를 잘 청소해 주기만 하면 폭발하지 않고 부드럽게 규칙적으로 끓는다. 화산 폭발은 굴뚝에서 불이 나는 것과 같다. 물론 지구의 화산을 청소하기에 우리는 너무나 작다. 그래서 화산이 우리에게 그토록 문제가 되는 것이다.

 어린 왕자는 또한 약간 슬픈 마음으로 새로 돋아난 바오바브나무의 싹을 뽑았다. 그는 다시 돌아와서는 안 된다고 생각했다. 하지만 이 모든 익숙한 일들이 그날 아침에는 너무도 달콤하게 느껴졌다. 마지막으로 꽃에 물을 주고 유리 덮개를 씌워줄 준비를 할 때는 울음이 나올 것만 같았다.

 "잘 있어."

그는 활화산들의 분화구를 정성껏 청소했다

그가 꽃에게 말했다. 하지만 꽃은 대답하지 않았다.

"잘 있어."

그는 다시 말했다. 꽃은 기침을 했다. 하지만 감기 때문은 아니었다.

마침내 꽃이 입을 열었다.

"내가 어리석었어. 용서해 줘. 행복해야 해."

그는 꽃이 비난하지 않는 데에 놀랐다. 그는 너무 당황해서 유리 덮개를 든 채 그대로 서 있었다. 이 침착한 부드러움을 도무지 이해할 수 없었다.

"당연하지. 난 널 사랑해." 꽃이 말했다. "내가 잘못해서 너는 아무것도 몰랐지만. 그건 하나도 중요하지 않아. 하지만 너도 나만큼 어리석었어. 행복해야 해…… 그 덮개는 그냥 둬. 더 이상 필요 없어."

"하지만 바람이……."

"그렇게 심한 감기는 아니야…… 신선한 밤공기를 쐬는 게 좋을 거야. 난 꽃이잖아."

"하지만 짐승들이……."

"나비를 만나려면 애벌레 두세 마리는 참아야겠지. 나비는 정말 아름다운 것 같더라. 아니면 누가 날 찾아오겠어? 너는 멀리 있을 텐데. 덩치 큰 짐승들로 말하자면, 하나도 무섭지 않아. 나한텐 발톱이 있잖아."

그리고 순진하게 가시 네 개를 보여주었다. 그러더니 덧붙였다.

"그렇게 질질 끌지 마, 짜증 나. 떠나기로 했잖아. 어서 가."

그녀는 우는 모습을 어린 왕자에게 보이고 싶지 않았던 것이다. 그토록 자존심이 센 꽃이었다.

10

그는 소행성 325호, 326호, 327호, 328호, 329호, 330호가 있는 지역에 있었다. 그래서 일거리도 찾고 견문도 넓히기 위해 우선 이 별들을 방문했다.

첫 번째 별에는 왕이 살고 있었다. 왕은 흰 담비 털과 자줏빛 천으로 된 옷을 입고 매우 단순하면서도 위엄 있는 왕좌에 앉아 있었다.

"아! 신하가 한 명 왔군." 어린 왕자를 보자 왕은 소리쳤다.

어린 왕자는 생각했다.

'한 번도 본 적이 없는 나를 어떻게 알고 있는 거지?'

왕들에게는 세상이 아주 단순하다는 것을 그는 몰랐다. 왕에게는 모든 사람이 신하인 것이다.

"내가 더 잘 볼 수 있도록 가까이 오라." 누군가의 왕이라는 사실이 무척이나 자랑스러운 왕이 말했다.

어린 왕자는 눈으로 앉을 곳을 찾았지만, 그 별은 온통 멋진 담비 털 망토로 덮여 있었다. 그래서 그는 그냥 서 있었고, 피곤해지자 하품을 했다.

"왕 앞에서 하품을 하는 것은 예법에 어긋나느니라. 하품을 금지하노라." 왕이 말했다.

"참을 수가 없었어요. 오랫동안 여행을 한 데다 잠을 자지 못했거든요." 당황한 어린 왕자가 말했다.

"그렇다면 하품을 명하노라. 몇 년 전부터 하품하는 사람을 보지 못했다. 나에게 하품은 신기한 구경거리지. 자! 다시 하품하라! 명령이다." 왕이 말했다.

"그렇게 말씀하시니 주눅이 들어요…… 더 이상 하품이 나오질 않는데요……." 얼굴이 빨개진 어린 왕자가 대답했다.

"흠! 흠! 그렇다면…… 명하노니 때로는 하품하고 때로는……."

왕은 조금 얼버무렸고 화가 난 것처럼 보였다.

근본적으로 왕은 자신의 권위가 존중되는 것을 중요하게 여겼다. 불복종은 참을 수 없었다. 그는 절대군주였다. 하지만 아주 선량한 왕이었기 때문에 합리적인 명령만 내렸다.

그는 늘 말하곤 했다. "만약 내가 어떤 장교에게 바닷새로 변하라고 명했는데 그 장교가 복종하지 않는다면 그건 그의 잘못이 아니라 나의 잘못이니라."

"앉아도 될까요?" 어린 왕자가 소심하게 물었다.

"앉을 것을 명하노라." 담비 털 망토 한 자락을 위엄 있게 끌어당기며 왕이 대답했다.

그러나 어린 왕자는 어리둥절했다. 그 별은 아주 작았다. 왕은 대체 무얼 통치하는 걸까?

"전하, 무얼 하나 여쭈어도 될까요?" 어린 왕자가 말했다.

"질문할 것을 명하노라." 왕이 서둘러 말했다.

"전하, 전하께서는 무엇을 통치하시는 건가요?"

"모든 것을 통치한다." 왕이 매우 단순하게 대답했다.

"모든 것을요?"

왕은 신중한 몸짓으로 자신의 행성과 다른 행성들, 그리고 별들을 가리켰다.

"이 모든 것을요?"

"이 모든 것을."

왕은 절대군주였을 뿐만 아니라 우주를 통치하는 군주였던 것이다.

"별들이 전하에게 복종하나요?"

"물론이다. 즉시 복종하지. 나는 기강이 해이한 것을 참지 못한다."

어린 왕자는 위대한 권력에 감탄했다. 만약 어린 왕자에게 그런 권력이 있었다면 의자를 당기지 않아도 하루에 마흔네 번이 아니라 일흔두 번, 또는 백 번, 심지어는 이백 번이라도 석양을 볼 수 있을 텐데! 자신이 떠난 작은 별이 기억나 조금 슬퍼진 그는 용기를 내어 왕에게 은혜를 구했다.

"석양이 보고 싶어요. 부탁이에요…… 태양에게 지라고 명령해 주세요."

"만약 내가 어떤 장교에게 이 꽃에서 저 꽃으로 나비처럼 날아다니라거나, 비극을 한 편 쓰라거나, 또는 바닷새로 변하라고 명령했는데 그가 명령대로 하지 않는다면, 그와 나 중 누구의 잘못이지?"

"전하의 잘못이죠." 어린 왕자가 단호하게 말했다.

"맞다. 각자에게 그가 할 수 있는 것을 명령해야 하는 법이니라." 왕이 말했다. "권위는 무엇보다 이성에 기반을 두는 법이다. 만약 네가 네 백성들에게 바다에 뛰어들라고 명령한다면 그들은 반란을 일으킬 것이다. 내가 복종을 요구할 권리가 있는 것은 합리적인 명령을 내리기 때문이니라."

"그러면 제 석양은요?" 한번 질문을 던지면 절대로 잊는 법이 없는 어린 왕자가 환기시켰다.

"석양은 보게 될 것이다. 내가 명령하겠다. 하지만 나의 지혜로운 통치술에 따라 조건이 맞을 때까지 기다리겠노라."

"그게 언제가 될까요?" 어린 왕자가 물었다.

"흠! 흠! 그러니까…… 대략…… 대략…… 오늘 저녁 7시 40분이 될 것이다! 그리고 너는 내 명령이 통한다는 걸 보게 될 것이다." 두꺼운 달력을 들여다보며 왕이 대답했다. 어린 왕자는 하품을 했다. 석양을 놓치게 되어 아쉬웠다. 게다가 벌써 조금 지루해졌다.

"여기서는 더 이상 할 일이 없어요. 다시 떠날래요!" 그는 말했다.

"안 된다. 장관을 시켜줄 테니 떠나지 말라!" 신하가 있는 것이 너무도 자랑스러웠던 왕이 대답했다.

"무슨 장관이요?"

"음…… 법무부 장관!"

"하지만 재판할 사람이 하나도 없는데요!"

"그건 모를 일이다. 나는 아직 내 왕국을 다 돌아본 적이 없느니라. 너무 늙었는데 마차를 둘 자리는 없고, 걸어 다니는 일은 아주 피곤하니 말이다."

"오! 하지만 제가 벌써 봤어요. 저쪽엔 아무도 없는걸요." 몸을 숙여 별의 다른 쪽을 슬쩍 보면서 어린 왕자가 말했다.

"그럼 너 자신을 재판하라. 그게 제일 어려운 일이지. 다른 사람을 심판하기보다 스스로를 심판하기가 훨씬 어려운 법이다. 스스로를 잘 심판할 수 있다면, 너는 진정한 현자이니라."

"저는 아무 데서나 저 자신을 심판할 수 있어요. 꼭 여기 살지 않아도요."

"흠! 흠! 이 별 어딘가에 늙은 쥐가 한 마리 살고 있는 것 같다. 밤마다 쥐 소리가 들리거든. 너는 그 쥐를 재판할 수 있느니라. 가끔 그 쥐에게 사형선고를 내려라. 그러면 쥐의 목숨은 너의 재판에 달린 것이 되겠지. 하지만 매번 사면을 해주어 그 쥐를 아끼도록 하라. 한 마리밖에 없으니까."

"저는 사형선고를 좋아하지 않아요. 떠나는 게 좋을 것 같아요."

"안 된다." 왕이 말했다.

떠날 준비를 마친 어린 왕자는 늙은 군주의 마음을 아프게 하고 싶지 않았다.

"만약 전하께서 어김없는 복종을 원하신다면, 제게 합리적인 명령을 내려주세요. 예를 들어 1분 안에 떠나라는 명령을 내리시는 거지요. 제가 보기엔 조건이 잘 맞는 것 같아요."

왕이 아무 대답도 하지 않아 어린 왕자는 조금 망설였지만 곧 한숨을 쉬며 별을 떠났다.

"너를 내 대사로 임명하노라!" 왕이 서둘러 외쳤다.

매우 근엄해 보였다.

'어른들은 정말 이상해.' 어린 왕자는 여행을 하면서 생각했다.

11

두 번째 별에는 허영에 찬 사람이 살고 있었다.

"아, 아! 팬이 찾아왔군!" 허영에 찬 사람은 멀리서 어린 왕자를 보자마자 외쳤다.

허영에 찬 사람들에게 다른 사람들은 모두 자신의 팬이기 때문이다.

"안녕하세요, 재미있는 모자를 쓰고 계시네요." 어린 왕자가 말했다.

"인사를 하기 위해서지. 사람들이 나한테 박수를 칠 때 인사를 해야 하니까. 그런데 불행하게도 여기는 아무도 지나가지 않아."

"아, 그래요?" 무슨 말인지 이해하지 못한 어린 왕자가 말했다.

"손과 손을 마주쳐봐." 허영에 찬 사람이 조언해 주었다.

어린 왕자는 손과 손을 마주쳤다. 허영에 찬 사람은 겸손하게 모자를 들어 올리며 인사했다.

'왕을 만나는 것보다는 재미있네.' 어린 왕자는 생각했다. 그리고 다시 손과 손을 마주쳤다. 허영에 찬 사람은 다시 모자를

들어 인사했다.

이렇게 5분 정도를 하고 나자 어린 왕자는 단조로운 놀이에 피곤해졌다.

"그 모자가 떨어지게 하려면 어떻게 해야 하죠?" 어린 왕자가 물었다.

하지만 허영에 찬 사람은 그 말을 듣지 못했다. 허영에 찬 사람에게는 찬사 말고 다른 말은 들리지 않는다.

"정말로 나를 무척이나 찬미하니?" 그가 어린 왕자에게 물었다.

"찬미한다는 게 무슨 뜻이죠?"

"이 행성에서 내가 가장 아름답고, 제일 옷을 잘 입고, 가장 부유하고, 최고로 똑똑하다고 인정한다는 뜻이지."

"하지만 이 행성에는 당신밖에 없잖아요!"

"부탁이야. 그래도 나를 찬미해 줘!"

"당신을 찬미해요! 그런데 왜 그런 거에 관심이 있는 거죠?" 어깨를 조금 으쓱하면서 어린 왕자가 말했다.

그리고 어린 왕자는 그 별을 떠났다.

'확실히 어른들은 아주 이상해.' 그는 여행을 하면서 생각했다.

12

다음 별에는 주정뱅이가 살고 있었다. 이번 방문은 아주 짧았지만, 어린 왕자는 무척 우울해졌다.

"거기서 뭐하고 있어요?" 수많은 빈 술병들과 꽉 찬 술병들 앞에 조용히 앉아 있는 주정뱅이를 발견하고 어린 왕자가 물었다.

"술을 마시지." 음산한 어조로 주정뱅이가 대답했다.

"왜 술을 마시는데요?"

"잊기 위해서."

"뭘 잊으려는 건데요?" 벌써 그가 불쌍해진 어린 왕자가 물었다.

"부끄러운 걸 잊으려고." 고개를 숙이며 주정뱅이가 털어놓았다.

"뭐가 부끄러운데요?" 그를 도와주고 싶은 어린 왕자가 물었다.

"술을 마시는 게 부끄러워!" 말을 끝낸 주정뱅이는 결정적으로 입을 다물어버렸다.

어린 왕자는 당황해하며 그곳을 떠났다.
'확실히 어른들은 너무너무 이상해.' 여행을 하면서 그는 생각했다.

13

 네 번째 행성에는 사업가가 살고 있었다. 그 남자는 너무나 바쁜 나머지 어린 왕자가 도착했는데도 고개조차 들지 않았다.
 "안녕하세요. 담뱃불이 꺼졌네요." 어린 왕자가 말했다.
 "3 더하기 2는 5. 5 더하기 7은 12. 12 더하기 3은 15. 안녕. 15 더하기 7은 22. 22 더하기 6은 28. 다시 담뱃불 붙일 시간이 없어서. 26 더하기 5는 31. 이런! 그러니까 5억 162만 2,731이군."
 "뭐가 5억 개예요?"
 "응? 아직도 거기 있어? 뭐가 5억 100만 개냐면…… 모르겠어. 일이 너무 많아! 나는 중요한 일을 하고 있어. 시시한 이야기나 하면서 놀지 않는다고! 2 더하기 5는 7……."
 "뭐가 5억 100만 갠데요?" 한번 한 질문은 절대 잊어버린 적이 없는 어린 왕자가 물었다.
 사업가는 고개를 들었다.
 "내가 이 행성에 산 54년 동안 방해를 받은 건 딱 세 번이야. 첫 번째는 22년 전 어디선가 풍뎅이가 떨어졌을 때였지. 풍뎅이는 무시무시한 소리를 냈고 난 덧셈에서 실수를 네 개나 범

했어. 두 번째는 11년 전에 갑자기 류머티즘이 도졌을 때였지. 난 운동 부족이거든. 한가하게 돌아다닐 시간이 없으니까. 난 중요한 일을 하는 중이라고. 세 번째는…… 바로 지금이야! 그러니까 5억 100만 개였지."

"뭐가 5억 100만 갠데요?"

사업가는 이제 조용히 일하기는 글렀다는 걸 깨달았다.

"하늘에 가끔 보이는 작은 것들 말이다.

"파리?"

"아니, 반짝이는 작은 것들 말이야."

"벌?"

"아니. 게으름뱅이들을 몽상에 잠기게 만드는 반짝이는 것들. 하지만 나는 중요한 일을 하는 사람이라 몽상에 잠길 시간이 없지."

"아! 별?"

"맞아. 별."

"별 5억 개로 뭘 하는데요?"

"5억 162만 2,731개야. 나는 중요한 일을 하는 사람이야, 나는 정확하다고."

"그 별들로 뭘 하는데요?"

"뭘 하느냐고?"

"네."

"아무것도 안 해. 그냥 소유하는 거지."

"별들을 소유한다고요?"

"그래."

"하지만 난 이미 어떤 왕을 만났는데 그 왕이……."

"왕들은 소유하지 않아. 그들은 '통치'하지. 그건 전혀 달라."

"그럼 별들을 소유하는 게 당신에게 어떤 쓸모가 있어요?"
"부자가 될 수 있지."
"부자가 되는 건 어떤 쓸모가 있는데요?"
"누군가 다른 별들을 발견할 경우, 그 별들을 살 수 있지."
'이 사람도 아까 본 주정뱅이 같네.' 어린 왕자는 생각했다. 하지만 그는 계속 물었다.
"별들을 어떻게 소유하는데요?"
"별들이 누구 거지?" 사업가가 불만스럽게 맞받아쳤다.
"모르겠어요. 그 누구의 것도 아니죠."
"그렇다면 내 거야. 내가 제일 먼저 가지려고 생각했으니까."
"그거면 되는 거예요?"
"물론이지. 만약 네가 그 누구의 것도 아닌 다이아몬드를 찾아낸다면 그 다이아몬드는 네 거야. 만약 네가 그 누구의 것도 아닌 섬을 찾아낸다면 그 섬은 네 거지. 네가 어떤 생각을 한 첫 번째 사람이라면 그 생각에 특허를 받아야 해. 그러면 그 생각은 네 거야. 그리고 별들은 내 건데, 나 이전에는 아무도 별들을 소유할 생각을 해본 적이 없기 때문이지."

"그건 그러네요. 그래서 그 별들로 뭘 하죠?" 어린 왕자가 물었다.

"관리하지. 나는 별들을 세고 또 세. 힘든 일이지. 하지만 나는 중요한 일을 하는 사람이니까!"

하지만 어린 왕자는 아직도 만족할 수 없었다.

"만약 내가 목도리를 갖고 있다면 나는 그걸 목에 두르고 다닐 수 있어요. 꽃을 갖고 있다면 꽃을 꺾어서 들고 다닐 수 있고요. 하지만 당신은 별을 딸 수 없잖아요!"

"없지, 하지만 은행에 예치할 수는 있어."

"그게 무슨 뜻이죠?"

"작은 종이에 내 별들이 몇 개인지 쓴다는 뜻이지. 그리고 그 종이를 서랍에 넣고 열쇠로 잠그는 거야."

"그게 다예요?"

"그거면 충분해!"

'재미있군. 아주 시적이야. 하지만 썩 중요해 보이지는 않네.' 어린 왕자는 생각했다.

어린 왕자는 중요한 일에 대해 어른들과는 아주 다른 생각을 가지고 있었다.

"나는요, 꽃을 하나 갖고 있는데 매일 물을 줘요. 화산 세 개도 갖고 있는데 매주 그 화산들을 청소해 주죠. 사화산도 청소하고요. 무슨 일이 생길지 모르니까요. 내가 화산과 꽃의 주인인 건 화산에게도 꽃에게도 도움이 되는 일이에요. 하지만 당신은 별들에게 도움이 되지 않아요."

사업가는 입을 열었지만 대답할 말을 찾지 못했고, 어린 왕자는 떠났다.

'확실히 어른들은 이상해.' 그는 여행하면서 생각했다.

14

 다섯 번째 별은 아주 신기했다. 모든 별들 가운데 가장 작은 별이었다. 가로등 하나와 가로등지기 한 명이 들어갈 정도의 자리밖에 없었다. 하늘 한구석에 있는, 집도 사람도 없는 별에 가로등과 가로등지기가 무슨 쓸모가 있는지 어린 왕자는 납득이 가지 않았다. 하지만 그는 생각했다.

 '어쩌면 이 사람은 비합리적일지도 몰라. 하지만 왕, 허영에 찬 사람, 사업가나 주정뱅이보다는 낫지. 적어도 그가 하는 일에는 의미가 있으니까. 그가 가로등을 켜는 건 마치 별이나 꽃 하나를 새로 태어나게 하는 것과 같아. 가로등을 끄면 꽃이나 별이 잠드는 거고. 아주 아름다운 일이야. 아름답기 때문에 쓸모 있는 일이고.'

 별에 도착하자 어린 왕자는 가로등지기에게 깍듯하게 인사했다.

 "안녕하세요. 왜 가로등을 끄는 거죠?"

 "지시를 받았거든. 좋은 아침이야." 가로등지기가 대답했다.

 "무슨 지시요?"

내 일은 너무 힘들어

"가로등을 끄라는 지시. 좋은 밤."

그리고 그는 가로등을 다시 켰다.

"왜 다시 켜요?"

"지시야."

"이해가 안 가요."

"이해할 건 하나도 없어. 지시는 그냥 지시야. 좋은 아침."

그는 가로등을 껐다.

그리고 빨간색 체크무늬 손수건으로 이마의 땀을 닦았다.

"내 일은 너무 힘들어. 옛날에는 적당했지. 아침에 끄고 저녁에 켰거든. 낮에 남는 시간에는 쉬고 밤에 남는 시간에는 잘 수 있었어."

"그런데 그 후로 지시가 바뀐 건가요?"

"지시는 바뀌지 않았어. 바로 그게 문제야! 해가 갈수록 별은 점점 더 빨리 도는데 지시는 바뀌지 않는다는 게!"

"그래서요?" 어린 왕자가 물었다.

"그래서 지금은 별이 1분에 한 번씩 도니까 1초도 쉴 시간이 없어. 1분마다 가로등을 켜고 끄는 거지."

"재미있는데요! 이 별에서는 하루가 1분이네요!"

"하나도 재미없어. 우리가 말하는 동안 벌써 한 달이 지났다고." 가로등지기가 말했다.

"한 달이요?"

"그래. 30분. 그러니까 30일이지! 좋은 밤."

그리고 그는 가로등을 다시 켰다.

그를 지켜보던 어린 왕자는 지시에 그토록 충실한 그가 좋아졌다. 지난날 의자를 끌면서 찾아다녔던 석양이 생각났다. 그는 친구를 도와주고 싶었다.

"있잖아요, 당신이 원할 때 쉴 수 있는 방법을 아는데……."

"항상 원하지." 가로등지기가 말했다.

사람이란 충실하면서 게으를 수도 있는 법이니까.

어린 왕자는 계속 말했다.

"당신 별은 너무 작아서 세 걸음만 걸으면 한 바퀴를 돌 수 있어요. 그러니까 천천히 걷기만 하면 항상 햇빛이 나는 곳에 있을 수 있어요. 쉬고 싶을 때는 걸으면 돼요. 그러면 당신이 원하는 만큼 낮이 계속될 거예요."

"그건 나한테 크게 도움이 되지 않아. 내가 원하는 건 자는 거라고."

"운이 없네요." 어린 왕자가 말했다.

"운이 없지. 좋은 아침."

그리고 그는 가로등을 껐다.

어린 왕자는 더 먼 곳으로 여행을 계속하면서 생각했다.

'왕, 허영에 찬 사람, 주정뱅이, 사업가 같은 사람들은 모두 저 사람을 비웃겠지. 하지만 내가 보기에 우스꽝스럽지 않은 건 저 사람뿐이야. 아마 자기 자신 말고 다른 것에 열중하기 때문이겠지.'

그는 안타까운 한숨을 내쉬며 계속 생각했다.

'친구가 될 수 있는 유일한 사람이었는데…… 하지만 그 별은 너무 작아. 두 사람이 있을 자리는 없어.'

어린 왕자가 스스로도 차마 인정하지 못한 사실은, 하루 스물네 시간 동안 1,440번이나 석양을 볼 수 있는 특별한 축복을 받은 그 별을 놓쳐서 아쉽다는 것이었다!

15

여섯 번째 별은 열 배나 더 컸다. 그곳에는 커다란 책을 쓰는 나이 든 남자가 살고 있었다.

"자! 탐험가가 왔군!" 어린 왕자를 보자 그가 소리쳤다.

어린 왕자는 탁자 위에 앉아 조금 숨을 돌렸다. 이미 너무 오랫동안 여행했던 것이다.

"너는 어디서 왔지?" 노인이 물었다.

"이 커다란 책은 뭐죠? 여기서 뭘 하고 있는 거예요?"

"나는 지리학자란다."

"지리학자가 뭔데요?"

"바다, 강, 도시, 산과 사막이 어디 있는지 아는 학자지."

"그거 재미있네요. 드디어 제대로 된 직업을 보는군요!" 어린 왕자는 말했다. 그리고 지리학자의 별을 슬쩍 둘러보았다. 그렇게 장엄한 별은 처음이었다.

"당신의 별은 아주 아름답군요. 바다도 있나요?"

"그건 내가 알 수 없는 일이야." 지리학자가 말했다.

"아! (어린 왕자는 실망했다.) 그럼 산은요?"

"알 수 없어."

"그럼 도시와 강과 사막은요?"

"그것도 알 수 없어."

"하지만 당신은 지리학자잖아요!"

"맞아. 하지만 나는 탐험가가 아니야. 내게는 탐험가가 절대적으로 부족해. 도시, 강, 산, 바다와 대양을 조사하는 건 지리학자가 아니야. 지리학자는 한가하게 돌아다니기엔 너무 중요한 사람이니까. 지리학자는 서재를 떠나지 않아. 그 대신 서재에서 탐험가들을 만나지. 그들에게 질문을 하고 그들의 기억대로 기록하는 거야. 그리고 그중 어떤 탐험가의 기억이 흥미롭게 보이면 그 사람의 도덕성에 대해 조사하는 거야."

"왜요?"

"거짓말을 하는 탐험가들은 지리책에 재앙을 끼치거든. 술을 너무 마시는 탐험가도 마찬가지고."

"그건 왜죠?" 어린 왕자가 물었다.

"술 취한 사람 눈에는 하나가 두 개로 보이니까. 그러면 지리학자는 산이 하나밖에 없는 곳에 두 개라고 적게 되겠지."

"아는 사람이 하나 있는데, 나쁜 탐험가가 될 것 같아요."

"그럴 수 있지. 그래서 탐험가의 도덕성이 문제없어 보일 때 그가 발견한 것들을 조사하는 거야."

"직접 가서 보는 거예요?"

"아니. 그건 너무 복잡해. 그 대신 탐험가에게 증거를 대라고 요구하지. 예를 들어 커다란 산을 발견했다고 하면 커다란 돌을 가져오라고 요구하는 거야."

지리학자가 갑자기 흥분했다.

"그런데 너는 멀리서 왔지! 너는 탐험가야! 네 별에 대해 이야기해 줘!"

지리학자는 공책을 펼치더니 연필을 깎았다. 탐험가의 이야기는 우선 연필로 적는다. 나중에 탐험가가 증거를 제공하면 그때 가서 잉크로 적는 것이다.

"시작할까?" 지리학자가 물었다.

"오! 제가 살던 곳은 그렇게까지 흥미롭진 않아요. 아주 작거든요. 화산이 세 개 있어요. 활화산 두 개와 사화산 하나. 하지만 어떻게 될지 모르는 일이죠."

"모르는 일이지." 지리학자가 말했다.

"꽃도 한 송이 있어요."

"꽃은 기록하지 않아."

"왜요? 가장 예쁜데!"

"꽃은 '일시적'이기 때문이지."

"'일시적'이라는 게 무슨 뜻이에요?"

"지리서는 모든 책들 중에서도 가장 중요한 책이야. 시대에 뒤떨어지는 일이 절대 없지. 산이 자리를 바꾸는 일은 드무니까. 대양의 물이 빠져버리는 일도 거의 없고. 우리는 영원한 것들에 대해 쓴단다."

"하지만 사화산들이 다시 깨어날 수도 있잖아요. '일시적'이라는 게 무슨 뜻이죠?" 어린 왕자가 끼어들었다.

"화산들이 잠들어 있건 깨어 있건 우리한텐 마찬가지야. 우리에게 중요한 건 산이야. 산은 바뀌지 않지."

"그런데 '일시적인'이 무슨 뜻이죠?" 한번 한 질문은 결코 포기한 적이 없는 어린 왕자가 다시 물었다.

"'곧 사라질 위험이 있다'는 뜻이지."

"제 꽃이 곧 사라질 위험이 있다고요?"

"물론이지."

'내 꽃은 일시적이야. 세상으로부터 스스로를 지키기 위해 가진 거라곤 가시 네 개밖에 없고! 그런데 나는 그녀를 집에 혼자 두고 왔어!'

어린 왕자는 처음으로 후회하는 마음이 들었다. 하지만 다시 용기를 내서 물었다.

"제가 어디를 찾아가면 좋을까요?"

"지구. 평판이 좋아……." 지리학자가 대답했다.

어린 왕자는 자신의 꽃을 생각하며 길을 떠났다.

16

 그래서 일곱 번째 별은 지구였다.
 지구는 그렇고 그런 별이 아니다! 지구에는 111명의 왕이 있고(물론 흑인 왕들까지 포함해서) 7,000명의 지리학자, 90만 명의 사업가, 750만 명의 주정뱅이, 3억 1,100만 명의 허영에 찬 사람, 그러니까 어림잡아 20억 명의 어른이 있다.
 여러분이 지구의 크기를 짐작할 수 있도록 말하자면, 전기가 발명되기 전 지구에는 여섯 대륙을 통틀어 46만 2,511명이라는 가로등지기 부대가 필요했다.
 조금 떨어져서 보면 지구의 가로등들은 찬란한 효과를 냈다. 가로등지기 부대의 움직임은 오페라에서의 발레 동작처럼 일사불란했다. 먼저 뉴질랜드와 오스트레일리아의 가로등지기들이 등장한다. 이들은 가로등을 켜고 나서 자러 간다. 다음은 중국과 시베리아 가로등지기들이 춤에 등장할 차례다. 그리고 그들도 무대 뒤로 사라진다. 그러면 러시아와 인도 가로등지기들의 순서가 돌아온다. 다음은 북아메리카의 가로등지기들. 가로등지기들은 무대에 등장하는 순서를 절대 틀리는 법이 없었다. 장엄한 춤이었다.

오직 북극에 있는 단 하나의 가로등을 맡은 등지기와 남극에 있는 단 하나의 가로등을 맡은 등지기만이 한가하고 태평한 삶을 영위했다. 그들은 1년에 두 번 일했다.

17

 재치를 부리려다 보면 약간 거짓말을 보태게 되는 경우가 있다. 가로등지기들 이야기를 할 때 내가 아주 정직했던 것은 아니다. 내 말만 듣고 지구를 모르는 사람들이 잘못된 생각을 품을 수도 있다. 사실 지구에서 사람들이 차지하는 자리는 아주 작다. 지구에 사는 20억의 사람들이 마치 회합이라도 하는 것처럼 조금 촘촘하게 선다면 가로 20마일, 세로 20마일의 광장에 쉽게 들어갈 것이다. 태평양의 가장 작은 섬 위에 지구에 사는 사람 모두를 쌓아 올릴 수도 있다.

 물론 어른들은 이런 말을 믿지 않을 것이다. 그들은 자신들이 훨씬 더 많은 자리를 차지한다고 믿는다. 자신들이 바오바브나무처럼 중요하다고 생각하니까. 그러니 그들에게는 계산을 해보라고 하는 편이 좋다. 숫자라면 사족을 못 쓰는 사람들이니 분명 좋아할 것이다. 하지만 여러분은 지겨운 계산에 시간을 낭비할 필요가 없다. 쓸데없는 짓이다. 내 말을 믿어도 좋다.

 지구에 도착한 어린 왕자는 아무도 보이지 않는 데에 깜짝 놀랐다. 다른 별에 잘못 온 게 아닐까 걱정하고 있을 때 모래

속에서 달빛 고리 하나가 움직였다.

"좋은 밤." 어린 왕자가 혹시나 해서 말했다.

"좋은 밤." 뱀이 말했다.

"내가 어느 별에 떨어진 거지?" 어린 왕자가 물었다.

"지구. 여기는 아프리카야." 뱀이 대답했다.

"아! 그럼 지구에는 아무도 없는 거야?"

"여기는 사막이야. 사막에는 아무도 없어. 지구는 넓어." 뱀이 말했다.

어린 왕자는 바위에 앉아 하늘을 올려다보며 말했다.

"나는 별들이 반짝이는 건 누구나 언제라도 자기 별을 다시 찾을 수 있게 하기 위해서가 아닐까 생각해. 내 별을 좀 봐. 바로 우리 위에 있네. 하지만 얼마나 먼 곳에 있는지!"

"아름다운 별이구나. 여기는 뭐 하러 왔어?" 뱀이 물었다.

"어떤 꽃이랑 문제가 좀 있어서."

"아!"

그리고 둘은 입을 다물었다.

이윽고 어린 왕자가 다시 말했다. "사람들은 어디 있어? 사막은 좀 외롭네……."

"사람들 사이에서도 외롭긴 마찬가지야." 뱀이 말했다.

어린 왕자는 오랫동안 뱀을 바라보았다. 마침내 그가 말했다.

"너는 이상한 동물이구나. 손가락처럼 가늘고……."

"하지만 난 왕의 손가락보다 힘이 세."

어린 왕자는 미소 지었다.

"너는 세지 않아…… 다리도 없고…… 여행도 할 수 없잖아."

"나는 너를 배보다 더 먼 곳으로 데려갈 수 있어." 뱀이 말했다.

그는 어린 왕자의 발목을 금팔찌처럼 휘감았다. 그리고 계

너는 이상한 동물이구나. 손가락처럼 가늘고……

속 말했다.

"내가 건드리는 사람은 누구든 그가 나온 흙으로 되돌아가지. 하지만 너는 순수하고 별에서 왔으니까······."

어린 왕자는 아무 대답도 하지 않았다.

"네가 불쌍해. 이 돌투성이 지구에서 넌 너무 약해. 나중에 네 별이 그리워지거든 내가 널 도와줄 수 있어. 나는······."

"오! 무슨 말인지 잘 알겠어. 그런데 왜 항상 수수께끼 같은 말만 하는 거야?"

"나는 모든 수수께끼를 풀 수 있거든." 뱀이 대답했다.

그리고 그들은 다시 입을 다물었다.

18

 어린 왕자는 사막을 건너는 동안 꽃 한 송이밖에 만나지 못했다. 꽃잎이 세 장뿐인, 보잘것없는 꽃…….

"안녕." 어린 왕자가 말했다.

"안녕." 꽃이 말했다.

"사람들은 어디 있지?" 어린 왕자가 예의 바르게 물었다.

 꽃은 언젠가 사막을 건너는 상인들이 지나가는 것을 본 적이 있었다.

"사람들? 예닐곱 명쯤 있는 것 같아. 몇 년 전에 봤어. 하지만 어디 가야 그들을 찾을 수 있는지는 몰라. 바람에 떠밀려 다니니까. 사람은 뿌리가 없어서 여러모로 불편할 거야."

"잘 있어." 어린 왕자가 말했다.

"잘 가." 꽃이 말했다.

19

 어린 왕자는 높은 산에 올랐다. 그가 이제껏 알았던 산이라고는 무릎까지 오는 화산 세 개가 전부였다. 사화산은 의자로 이용하곤 했다. 그래서 그는 생각했다. '이렇게 높은 산 위에서라면 이 별 전체와 모든 사람이 한눈에 보일 거야.' 하지만 뾰족한 바위 봉우리들밖에 보이지 않았다.
 "안녕." 누구에게랄 것도 없이 그가 말했다.
 "안녕…… 안녕…… 안녕……." 메아리가 대답했다.
 "누구세요?"
 "누구세요…… 누구세요…… 누구세요……."
 "친구가 되어주세요. 저는 혼자예요."
 "혼자예요…… 혼자예요…… 혼자예요……."
 '정말 이상한 별이네! 온통 건조하고 죄다 뾰족하고 전부 거칠어. 게다가 사람들은 상상력이 부족해. 들은 말을 그대로 따라 하다니……. 내 별엔 꽃이 한 송이 있었지. 그 꽃은 항상 자기가 먼저 말을 걸어왔는데…….' 어린 왕자는 생각했다.

이 별은 온통 건조하고 죄다 뾰족하고 전부 거칠어

20

어린 왕자는 오랫동안 모래와 바위와 눈을 헤치고 걸어간 끝에 마침내 길을 하나 발견했다. 모든 길은 사람이 사는 곳으로 통하게 마련이다.

"안녕." 그가 말했다.

그곳은 장미가 만발한 정원이었다.

"안녕." 장미꽃들이 대답했다.

어린 왕자는 그 꽃들을 바라보았다. 하나같이 그의 꽃과 닮은 꽃들이었다.

"너희는 누구지?" 당황한 어린 왕자가 물었다.

"우리는 장미꽃이야." 꽃들이 대답했다.

"아!"

어린 왕자는 아주 불행한 기분이 들었다. 그의 꽃은 온 우주에서 자기처럼 생긴 꽃이 오직 자기 하나뿐이라고 말했었다. 그런데 정원 단 하나에 똑같은 꽃이 5,000송이나 피어 있다니!

그는 생각했다. '내 꽃이 이걸 본다면 잔뜩 화가 날 거야. 엄청 기침을 해대고 웃음거리가 되지 않으려고 죽어가는 척하겠지. 그럼 나는 그녀를 보살피는 시늉을 해야 할 거야. 그러지

않으면 나한테까지 모욕을 주려고 정말로 죽어버릴지도 모르니까…….'

그는 계속 생각했다. '나는 세상에 하나뿐인 꽃을 가진 부자라고 생각했는데 사실 그건 평범한 장미일 뿐이었어. 거기에 무릎까지 오는 화산 세 개, 그것도 하나는 영영 꺼져버렸을지도 모르는 화산. 이걸로는 위대한 왕자가 될 수 없어…….' 어린 왕자는 풀밭에 엎드려 울었다.

어린 왕자는 풀밭에 엎드려 울었다

21

여우가 나타난 것은 바로 그때였다.
"안녕." 여우가 말했다.
"안녕." 어린 왕자는 예의 바르게 대답하며 뒤를 돌아보았지만 아무것도 보이지 않았다.
"여기야, 사과나무 아래." 목소리가 말했다.
"넌 누구니? 정말 예쁘게 생겼구나……." 어린 왕자가 말했다.
"난 여우야." 여우가 말했다.
"나랑 놀자. 난 너무 슬퍼……."
"나는 너랑 놀 수 없어. 길들여지지 않았거든."
"아, 미안." 어린 왕자가 말했다.
하지만 잠시 생각한 뒤 다시 말했다.
"'길들인다'는 게 무슨 뜻이야?"
"넌 여기 사람이 아니구나. 뭘 찾고 있니?"
"사람들을 찾고 있어. '길들인다'는 게 무슨 뜻이야?"
"사람들은 총을 갖고 있고 사냥을 해. 골치 아픈 일이지! 닭도 키워. 사람들에게 흥미로운 점이라곤 그것뿐이지. 닭을 찾

는 거야?"

"아니, 난 친구를 찾고 있어. '길들인다'는 게 무슨 뜻이야?"

"다들 잊어버린 건데, '관계를 만든다'는 뜻이지," 여우가 말했다.

"관계를 만든다고?"

"그렇지. 나에게 너는 아직 수많은 다른 아이와 다를 바 없는 한 아이에 불과해. 난 네가 필요 없어. 너도 내가 필요 없지. 너에게 나는 수많은 다른 여우와 다를 바 없으니까. 하지만 네가 나를 길들인다면 우리는 서로를 필요로 하게 될 거야. 너는 나에게 세상에 하나뿐인 존재가 될 거야. 나는 너에게 세상에 하나뿐인 존재가 되고……."

"이제 알 것 같아. 꽃이 한 송이 있는데…… 그 꽃이 나를 길들인 것 같아." 어린 왕자가 말했다.

"그럴 수 있지. 지구에는 별의별 일이 다 있으니까."
"오! 지구에서가 아니야."
여우는 무척이나 궁금해하는 것 같았다.
"다른 별에서 있었던 일이야?"
"응."
"그 별에 사냥꾼이 있어?"
"아니."
"그거 흥미롭군! 그럼 닭은?"
"없어."
"완벽한 건 없다니까." 여우가 한숨을 쉬었다.

하지만 여우는 다시 하던 생각으로 돌아왔다.

"내 삶은 단조로워. 나는 닭을 쫓고 사람들은 나를 쫓지. 닭은 모두 비슷비슷하고 사람도 모두 비슷비슷해. 그래서 난 좀 지루해. 하지만 네가 나를 길들인다면 내 삶은 햇빛이 비치는 것 같을 거야. 나는 다른 모든 발소리와는 다른 발소리를 알아듣게 될 거야. 다른 발소리는 나를 땅 밑으로 숨게 하지. 네 발소리는 음악 소리처럼 나를 굴 밖으로 불러낼 거야. 그리고 잘 봐! 저기 밀밭이 보이지? 나는 빵을 먹지 않

아. 밀은 나한테 아무 쓸모도 없어. 밀밭을 봐도 아무런 생각이 나지 않지. 서글픈 일이야. 그런데 네 머리카락은 황금빛이잖아. 그러니 네가 나를 길들인다면 놀라운 일이 일어날 거야! 황금빛 밀을 보면 네 생각이 날 테니까. 그럼 나는 밀밭에 부는 바람 소리까지 사랑하게 될 거고……."

여우는 입을 다물더니 어린 왕자를 물끄러미 바라보았다.

"제발…… 나를 길들여줘!" 여우가 말했다.

"그러고 싶은데, 시간이 많지 않아. 새로운 친구들도 사귀어야 하고 알아내야 할 것도 많거든." 어린 왕자가 대답했다.

"사람이 진짜 아는 건 자기가 길들인 것뿐이야. 이제 사람들은 아무것도 알 시간이 없어. 가게에서 다 만들어진 물건을 사거든. 하지만 친구를 파는 가게는 없기 때문에 사람들은 친구가 없지. 친구를 원한다면, 나를 길들여줘!"

"어떻게 하면 되는데?" 어린 왕자가 물었다.

"참을성이 아주 많아야 해. 먼저 풀밭에 그렇게, 나랑 조금 떨어져서 앉아. 나는 너를 슬쩍 쳐다볼 텐데 너는 아무 말도 하지 마. 말은 오해의 근원이야. 그 대신 매일 조금씩 더 가까이 앉는 거야."

다음 날 어린 왕자가 다시 왔다.

"어제와 같은 시간에 왔으면 더 좋았을 거야." 여우가 말했다.

"예를 들어 네가 오후 4시에 온다면 나는 3시부터 행복해지기 시작할 거야. 시간이 흐를수록 점점 더 행복해지겠지. 4시가 되면 나는 안절부절못하고 초조해하겠지. 행복의 대가를 알게 되는 거지! 하지만 네가 아무 때나 오면 나는 몇 시에 마음의 옷을 차려입어야 하는지 알 수가 없어. 의식이 필요하단 말이야."

"의식이 뭐야?" 어린 왕자가 말했다.

"그것도 다들 너무 잊어버리고 있는 거지. 의식은 어떤 날을 다른 날과 다르게, 어떤 시간을 다른 시간과 다르게 만들어주는 거야. 예를 들어 나를 쫓는 사냥꾼들에게도 의식이 있어. 목요일마다 마을 처녀들이랑 춤을 추거든. 그래서 목요일은 멋진 날이야! 나는 포도밭까지 산책을 나갈 수 있어. 만약 사냥꾼들이 아무 때나 춤을 춘다면 모든 날이 똑같을 거고 난 쉬는 날도 없을 거야."

그래서 어린 왕자는 여우를 길들였다. 그리고 떠날 시간이 다가왔다.

"아! 울고 싶어." 여우가 말했다.

"네 잘못이야. 나는 널 힘들게 하고 싶지 않았는데, 네가 나한테 길들여달라고 했잖아."

"분명 그랬지."

"그런데 울 거라며!" 어린 왕자가 말했다.

"물론이지." 여우가 말했다.

"그럼 넌 얻는 게 하나도 없잖아!"

"얻는 게 있지. 밀밭은 황금빛이니까."

그리고 덧붙였다.

"가서 장미들을 다시 만나봐. 네 꽃이 세상에 단 하나뿐이라는 걸 알게 될 거야. 그리고 나한테 작별 인사를 하러 돌아오면, 선물로 비밀을 하나 알려줄게."

어린 왕자는 장미들을 다시 보러 갔다.

"너희는 조금도 내 장미와 닮지 않았고, 아직 아무것도 아니야. 너희를 길들인 사람도 없고 너희가 길들인 사람도 없으니까. 너희는 예전의 내 여우와 같아. 다른 수많은 여우와 다를

네가 오후 4시에 온다면 나는 3시부터 행복해지기 시작할 거야

바 없는 한 마리 여우에 불과했지. 하지만 나는 그 여우랑 친구가 되었고, 그래서 지금은 세상에 단 하나뿐인 여우야."

장미들은 어쩔 줄 몰라했다. 어린 왕자는 다시 말했다.

"너희는 아름답지만 공허해. 너희를 위해 죽을 사람은 없어. 물론 그냥 지나가는 사람이라면 내 장미도 너희와 다를 바 없다고 생각할 거야. 하지만 그 꽃 하나가 너희 모두보다 더 중요해. 내가 물을 준 건 그녀니까. 내가 병풍으로 바람을 막아준 건 그녀니까. 내가 애벌레를(나비가 되라고 남겨둔 두세 마리만 빼고) 잡아준 건 그녀니까. 내가 불평, 허풍, 때로는 침묵까지 들어준 건 그녀니까. 내 장미니까."

그리고 그는 여우에게 돌아왔다.

"잘 있어……." 그가 말했다.

"잘 가. 내 비밀은 이거야. 아주 간단해. 마음으로 보아야만 잘 볼 수 있다는 것. 본질은 눈에 보이지 않아." 여우가 말했다.

"본질은 눈에 보이지 않는다."

어린 왕자는 기억해 두려고 따라 했다.

"네 장미를 그토록 소중하게 만드는 건 네가 그녀에게 쏟은 시간이야."

"내가 장미에게 쏟은 시간……."

어린 왕자가 기억해 두려고 되뇌었다.

"사람들은 이 진리를 잊어버렸어. 하지만 너는 잊으면 안 돼. 너는 네가 길들인 것에 언제나 책임을 져야 해. 너는 네 장미한테 책임이 있어."

"나는 내 장미에 책임이 있다……."

어린 왕자는 잊지 않으려고 반복했다.

22

"안녕하세요." 어린 왕자가 말했다.

"안녕." 철도원이 말했다.

"여기서 뭐하세요?" 어린 왕자가 물었다.

"기차 승객들을 천 명씩 묶어서 분류하는 일을 하고 있어. 사람들을 실은 기차를 때로는 오른쪽으로, 때로는 왼쪽으로 보내는 거지."

불을 밝힌 특급 열차 한 대가 천둥 치듯 으르렁거리며 지나가자 철도원의 초소가 흔들렸다.

"다들 아주 바빠 보이네요. 무얼 찾는 거죠?" 어린 왕자가 물었다.

"그건 기관사도 모르는 일이야." 철도원이 말했다.

불을 밝힌 두 번째 특급 열차가 반대 방향으로 으르렁거리며 지나갔다.

"벌써 돌아오는 건가요?"

"다른 사람들이야. 오고 가는 거지."

"원래 있던 곳에서 만족하지 못한 건가요?"

"사람들은 지금 있는 곳에 절대 만족하는 법이 없어." 철도원이 말했다.

세 번째 특급 열차가 천둥소리를 내며 지나갔다.

"이 사람들은 아까 지나갔던 승객들을 따라가는 건가요?" 어린 왕자가 물었다.

"아무것도 따라가지 않아. 기차 안에서 자고 있거나 하품을 하지. 아이들만 창문에 코를 박고 밖을 내다봐."

"자기들이 뭘 찾는지 아는 건 아이들뿐이네요. 헝겊 인형에게 시간을 쏟아붓고, 그러다 보니 인형이 아주 소중해지고, 인형을 빼앗기면 울고……."

"걔네들은 운이 좋구나." 철도원이 말했다.

23

"안녕하세요." 어린 왕자가 말했다.

"안녕." 갈증을 가라앉히는 알약을 파는 상인이 말했다. "일주일에 한 알만 먹으면 물을 마시고 싶은 생각이 들지 않아."

"왜 그런 약을 팔아요?" 어린 왕자가 물었다.

"시간을 엄청나게 절약할 수 있거든. 전문가들이 계산해 봤단다. 일주일에 53분을 절약할 수 있지." 상인이 말했다.

"그 53분으로 뭘 하는데요?"

"자기가 원하는 일을……."

어린 왕자는 생각했다. '내가 그 53분을 쓸 수 있다면, 아주 천천히 샘으로 걸어갈 거야…….'

24

사막에서 비행기가 고장 난 지 여드레째 되는 날, 나는 남아 있는 마지막 물 한 방울을 마시며 상인의 이야기를 들었다. 나는 어린 왕자에게 말했다.

"아! 네 추억담은 정말 아름답구나. 하지만 난 아직 비행기를 고치지 못했고, 마실 물은 떨어졌어. 나도 천천히 샘으로 걸어갈 수 있으면 아주 행복할 텐데 말이지!"

"내 친구 여우가……." 어린 왕자가 말했다.

"꼬마 친구, 지금 여우가 문제가 아니야!"

"왜?"

"우린 목이 말라 죽을 테니까……."

그는 내 논리를 이해할 수 없었는지 나에게 대답했다.

"죽을 거라고 해도 친구가 있다는 건 좋은 일이야. 나는 여우를 친구로 사귀어서 아주 기쁜걸."

나는 생각했다. '상황이 얼마나 위급한지 모르는군. 이 아이는 배고프지도 목마르지도 않으니까. 햇빛만 조금 있으면 되니까…….'

하지만 어린 왕자는 나를 바라보더니 내 생각에 대답했다.

"나도 목이 말라…… 우물을 찾으러 가자."

나는 무기력한 몸짓을 해 보였다. 광활한 사막에서 무턱대고 우물을 찾아 나서는 건 터무니없는 일이었다. 그래도 우리는 걷기 시작했다.

아무 말도 없이 몇 시간을 걷고 나자 밤이 내렸고 별들이 빛나기 시작했다. 갈증으로 미열이 난 탓에 꿈속에서 별들을 바라보는 듯했다. 어린 왕자가 한 말이 내 머릿속을 맴돌고 있었다.

"그러니까 너도 목이 마른 거야?" 그에게 물었다.

하지만 그는 나의 질문에 대답하지 않았다. 그저 이렇게 말했다.

"물은 마음에도 좋을 거야……."

나는 그의 대답을 이해할 수 없었지만 입을 다물었다……. 그에게 질문을 해서는 안 된다는 것을 나는 잘 알고 있었다.

어린 왕자는 지쳐 있었다. 그가 주저앉았다. 나는 그 옆에 앉았다. 잠시 침묵한 뒤, 그가 다시 말했다.

"별들이 아름다운 건, 보이지 않는 꽃 한 송이 때문이야……."

나는 "물론이지"라고 대답하고는 달빛을 받고 있는 사막의 주름을 말없이 바라보았다.

"사막은 아름다워." 그가 덧붙였다.

정말이었다. 나는 항상 사막을 사랑했다. 모래 언덕 위에 앉아보라. 아무것도 보이지 않는다. 아무것도 들리지 않는다. 하지만 침묵 속에서 뭔가가 빛나는 것이다…….

"사막이 아름다운 건, 어딘가 우물을 숨기고 있기 때문이야……." 어린 왕자가 말했다.

나는 사막이 신비롭게 빛나는 까닭을 갑자기 이해하게 되어 깜짝 놀랐다. 어린 시절 나는 오래된 집에서 살았다. 전해오는 이야기에 따르면 그 집에는 보물이 숨겨져 있다고 했다. 물론 아무도 그 보물을 발견하지 못했고, 어쩌면 찾아본 사람도 없었을 것이다. 하지만 보물은 그 집 전체에 마법을 걸었다. 그것은 가슴 깊은 곳에 비밀을 숨기고 있는 집이었다…….

"그래. 집이건, 별이건, 사막이건, 그것들을 아름답게 만드는 건 눈에 보이지 않아!" 나는 말했다.

"네가 내 여우와 같은 생각이라니 기뻐." 어린 왕자가 말했다.

어린 왕자가 잠들자 나는 그를 팔에 안고 다시 걷기 시작했다. 나는 감동에 젖었다. 깨지기 쉬운 보물을 안고 가는 것 같았다. 지구에서 그보다 더 연약한 건 없는 듯한 느낌마저 들었다. 나는 달빛 아래서 그 창백한 이마, 감은 두 눈, 바람에 흔들리는 머리카락을 보며 생각했다. 지금 내가 보는 건 껍질에 불과해. 가장 중요한 것은 눈에 보이지 않아…….

반쯤 벌린 그의 입술에 살짝 미소가 떠오르자 나는 또 생각했다. '잠든 어린 왕자가 나를 이토록 감동시키는 건 한 송이 꽃에 대한 그의 충실함, 비록 잠들었을지라도 램프의 불꽃처럼 그 안에서 빛나고 있는 장미꽃의 이미지 때문이야…….' 그러자 그가 더욱 연약하게 보였다. 램프는 잘 보호해야 한다. 한 줄기 바람에도 꺼질 수 있으니까.

그렇게 걷다가 해가 뜰 무렵 우물을 발견했다.

25

"사람들은 특급 열차를 타지만 자기들이 뭘 찾는지는 몰라. 그래서 우왕좌왕하면서 제자리걸음만 하는 거야." 어린 왕자가 말했다.

그리고 덧붙였다.

"그럴 필요가 없는데……."

우리가 도착한 우물은 사하라 사막의 다른 우물과 달랐다. 사하라 사막의 우물은 보통 모래에 파놓은 단순한 구멍이다. 우리가 본 우물은 마을에 있는 우물 같았다, 하지만 마을이라곤 없었고 그래서 나는 꿈인 줄만 알았다.

"이상하네. 모든 게 갖추어져 있어. 도르래, 두레박과 밧줄……." 나는 어린 왕자에게 말했다.

그는 웃고, 밧줄을 만져보고, 도르래를 움직였다. 그러자 도르래가 오랜만에 바람을 만난 낡은 풍향계처럼 삐걱거렸다.

"이 소리 들려? 우리가 우물을 깨워서 우물이 노래하는 거야……." 어린 왕자가 말했다.

나는 어린 왕자가 힘을 쓰는 걸 원하지 않았다.

그는 웃고, 밧줄을 만져보고, 도르래를 움직였다

"내가 할게. 너한테는 너무 무거워."

나는 천천히 두레박을 우물 턱까지 끌어 올려 똑바로 올려놓았다. 귓속에서는 여전히 도르래의 노래가 맴돌았고 아직 출렁이는 물속에서 태양이 흔들리는 것이 보였다.

"그 물을 마시고 싶어. 마시게 해줘……."

나는 그가 무엇을 찾고 있었는지 알아차렸다!

나는 두레박을 그의 입술까지 들어주었다. 그는 눈을 감고 물을 마셨다. 축제처럼 달콤한 순간이었다. 그 물은 그냥 물이 아니었다. 그 물은 별 아래의 방황, 도르래의 노래, 그리고 내 팔의 노력에서 태어났다. 그것은 선물과 마찬가지로 마음에 효험이 있었다. 어릴 적 크리스마스트리의 불빛, 성탄 자정 미사의 음악, 부드러운 미소가 내가 받은 크리스마스 선물을 환히 빛나게 했던 것처럼.

"네가 사는 곳 사람들은 정원 하나에 5,000송이의 장미를 키워……. 그런데도 자기들이 찾는 걸 발견하지는 못해." 어린 왕자가 말했다.

"못 찾아내지." 나는 대답했다.

"그들이 찾는 게 장미 한 송이나 물 한 모금에 있을 수도 있는데……."

"맞아." 내가 대답했다.

어린 왕자는 덧붙였다.

"하지만 눈은 보지 못해. 마음으로 찾아야 하지."

나는 물을 마셨다. 호흡이 편안해졌다. 해가 뜨는 시간의 사막은 꿀 빛깔이었다. 그 꿀 빛깔에도 나는 행복했다. 왜 가슴이 아파야 한단 말인가…….

"약속을 지켜야지." 어린 왕자가 다시 내 옆에 앉으며 부드럽게 말했다.

"무슨 약속?"

"알잖아…… 내 양한테 씌울 입마개…… 나는 그 꽃한테 책임이 있단 말이야!"

나는 호주머니에서 처음에 그린 그림들을 꺼냈다. 어린 왕자는 그것을 보더니 웃으며 말했다.

"네가 그린 바오바브나무는 어딘가 양배추 같아……."

"아!"

나는 바오바브나무 그림이 너무나 자랑스러웠는데!

"네가 그린 여우는…… 귀가…… 뿔같이 생겼어. 그리고 너무 길어!"

그러고는 그가 다시 웃었다.

"이건 공평하지 않아. 나는 속이 보이는 보아뱀과 보이지 않는 보아뱀밖에 그릴 줄 모른다고!"

"오! 괜찮아. 어린이들은 다 알아보니까." 그는 말했다.

그래서 나는 입마개를 그렸다. 그림을 그에게 주는데 가슴이 아팠다.

"내가 모르는 계획이 있구나."

하지만 그는 대답하지 않았다. 그가 말했다.

"내가 지구에 떨어진 거…… 내일이면 꼭 1년이야……."

그리고 잠시 침묵하더니 다시 입을 열었다.

"여기서 아주 가까운 곳에 떨어졌었어……."

그러고는 얼굴을 붉혔다.

나는 다시 왠지 모를 이상한 슬픔을 느꼈다. 그런 와중에도 한 가지 질문이 떠올랐다.

"그러니까 일주일 전 내가 너를 처음 만난 날, 네가 그렇게 홀로 사람이 사는 마을에서 천 마일이나 떨어진 곳을 돌아다녔던 것도 우연이 아니네! 원래 떨어진 자리로 돌아가던 중이었구나?"

어린 왕자는 다시 얼굴을 붉혔다.

나는 머뭇거리며 말을 이었다.

"혹시, 1년이 되는 날이라서?"

어린 왕자는 또다시 얼굴을 붉혔다. 그는 질문에 결코 대답하는 법이 없었지만, 얼굴을 붉힌다는 것은 '그렇다'라는 뜻이 아닌가?

"아! 난 두려워······." 내가 말했다.

하지만 그는 대답했다.

"넌 이제 일해야지. 네 기계가 있는 곳으로 돌아가. 난 여기서 기다릴게. 내일 저녁에 다시 와······."

하지만 나는 안심이 되지 않았다. 여우 이야기가 생각났다. 누군가에게 길이 들고 나면 조금 울게 될 위험이 있다······.

26

우물 옆에는 폐허가 된 오래된 돌담이 있었다. 다음 날 저녁, 일을 끝내고 돌아오는데 멀리서 어린 왕자가 담 위에 다리를 늘어뜨리고 앉아 있는 게 보였다. 그가 말하는 소리가 들렸다.

"기억이 안 난단 말이야? 정확히 여기는 아닌데!"

다른 목소리가 대답했는지, 어린 왕자가 다시 대꾸했다.

"맞아! 맞아! 날짜는 맞는데, 장소는 여기가 아니야……."

나는 돌담을 향해 계속해서 걸어갔다. 여전히 아무도 보이지 않고 어떤 목소리도 들리지 않았다. 하지만 어린 왕자는 다시 대답했다.

"……물론이지. 사막 어디서부터 내 발자국이 시작됐는지 보일 거야. 거기서 기다리기만 하면 돼. 오늘 밤 거기로 갈게……."

담에서 20미터 떨어진 곳까지 갔지만 아직 아무것도 보이지 않았다.

잠시 침묵이 흐른 뒤, 어린 왕자가 다시 이야기했다.

"독은 좋은 거야? 오랫동안 아프게 하지 않을 자신 있어?"

나는 심장이 죄어들어 잠시 멈추었다. 여전히 아무것도 이해할 수 없었다.

"이제 가. 내려가고 싶어!"

그제야 나는 담 아래쪽으로 눈을 돌렸고 펄쩍 뛰어올랐다! 30초 안에 사람을 죽일 수 있는 노란 뱀 한 마리가 어린 왕자를 향해 몸을 곧추세우고 있었다. 주머니를 뒤져 총을 찾으며 달려갔지만, 내 발소리에 뱀은 사라지는 물줄기처럼 모래 속으로 스며들더니 가벼운 쇳소리를 내며 유유히 바위틈으로 사라졌다.

나는 때마침 담에 도착해 눈처럼 창백한 어린 왕자를 품에 받았다.

"이게 도대체 무슨 일이야! 이제 뱀이랑도 말을 하는구나!"

나는 그가 늘 두르고 다니던 황금색 목도리를 풀었다. 관자놀이를 적시고 물을 마시게 했다. 이제는 그에게 감히 아무것도 물을 수 없었다. 그는 나를 엄숙하게 쳐다보더니 두 팔로 내 목을 감았다. 그의 심장이 카빈총을 맞고 죽어가는 새의 심장처럼 뛰는 것이 느껴졌다. 그는 내게 말했다.

"네 기계에 빠진 부분을 찾아서 기뻐. 이제 집으로 돌아갈 수 있겠네."

"그걸 어떻게 알았어?"

그렇지 않아도 모든 예상을 뒤엎고 수리에 성공했다고 알리러 온 참이었다!

그는 내 질문에는 아무런 대답도 없이 이렇게 덧붙였다.

"나도 오늘 집에 돌아가……."

그리고 우수에 잠겨서 말했다.

"우리 집은 훨씬 멀어…… 가기도 굉장히 힘들고……."

나는 뭔가 엄청난 일이 벌어지고 있다는 것을 느꼈다. 나는

이제 가. 내려가고 싶어!

그를 어린아이처럼 품에 꼭 안았지만, 심연 속으로 곧장 떨어지고 있는 그를 잡기 위해 할 수 있는 일은 아무것도 없었다.

그의 심각한 시선은 아득히 먼 곳을 향하고 있었다.

"내게는 네가 그려준 양이 있어. 상자도. 입마개도 있고……."

그러고는 서글프게 미소 지었다.

나는 한참 기다렸다. 그의 몸이 조금씩 다시 따뜻해지는 것이 느껴졌다.

"너 무서웠구나……."

물론 그는 두려웠다! 하지만 그는 부드럽게 웃었다.

"오늘 밤에는 더 무서울 거야."

돌이킬 수 없다는 느낌에 온몸이 얼어붙는 것 같았다. 그리고 다시는 그 웃음소리를 들을 수 없다는 생각에 견딜 수 없다는 사실을 깨달았다. 그 웃음은 내게 마치 사막의 우물 같은 것이었다.

"난 계속 네 웃음소리를 듣고 싶은걸……."

하지만 그는 말했다.

"오늘 밤이면 딱 1년이야. 내가 작년에 떨어졌던 곳 바로 위에 내 별이 뜰 거야."

"꼬마 친구, 뱀이니 약속이니 별이니 하는 이야기는 모두 나쁜 꿈이지, 안 그래?"

하지만 그는 내 질문에 대답하지 않았고 이렇게 말했다.

"중요한 건 눈에 보이지 않아."

"물론이지……."

"꽃이랑 마찬가지야. 만약 네가 어느 별에 있는 꽃을 사랑한다면, 밤에 하늘을 바라보는 게 달콤한 일이 될 거야. 모든 별에 꽃이 필 테니까."

"물론이지……."

"물도 마찬가지야. 네가 나에게 준 물은 도르래와 밧줄 덕분에 마치 음악 같았어…… 기억나지…… 맛있는 물이었어."

"물론이지……."

"밤이면 별들을 봐. 내가 사는 별은 너무 작아서 어디 있는지 보여줄 수 없어. 그게 오히려 나아. 너에게 내 별은 많은 별 중 하나일 거야. 그럼 너는 모든 별을 설레는 마음으로 바라보겠지. 모든 별이 네 친구가 되는 거야. 그리고 너한테 선물을 하나 줄게……."

그가 다시 웃었다.

"아! 난 네 웃음소리가 좋아!"

"그게 바로 내가 줄 선물이야. 물이랑 마찬가지야……."

"무슨 뜻이야?"

"사람들마다 다른 별을 갖고 있어. 여행하는 사람들에게 별들은 안내자야. 어떤 사람들에게는 작은 빛에 지나지 않지. 학자들에게는 풀어야 할 문제이고. 내가 만난 사업가에게는 돈이었지. 하지만 이 사람들의 별은 모두 소리 없는 별이야. 넌 누구와도 다른 별을 가지게 될 거야……."

"무슨 말이야?"

"네가 밤에 하늘을 볼 때면, 내가 그 별들 중 하나에 살고 있을 테니까 너에게는 마치 모든 별들이 웃고 있는 것 같을 거야. 넌 웃을 줄 아는 별들을 가지게 되는 거지!"

그가 또다시 웃었다.

"그리고 슬픔이 가라앉고 나면(슬픔은 가라앉기 마련이니까) 나를 알았다는 것이 기쁠 거야. 너는 언제나 내 친구일 거야. 너는 나와 함께 웃고 싶을 거야. 그래서 때로는 그냥 재미 삼아

창문을 열겠지…… 네 친구들은 하늘을 보면서 웃는 널 보고 꽤나 놀랄 거야. 그러면 너는 이렇게 말하는 거야. "그래, 별만 보면 웃음이 나온다니까!" 그들은 네가 미친 줄 알겠지. 내가 너를 골탕 먹이는 셈이네……."

그러고는 또 웃었다.

"별이 아니라 웃을 줄 아는 방울들을 한 아름 받는 거나 마찬가지야……."

그리고 그는 다시 웃었다. 그러더니 도로 심각해졌다.

"오늘 밤…… 알지…… 오지 마."

"나는 너를 떠나지 않을 거야."

"나는 아파 보일 거야…… 죽는 것처럼 보일 수도 있고. 원래 그래. 그런 걸 보러 오진 마. 그럴 필요 없어……."

"나는 너를 떠나지 않을 거야."

하지만 그는 걱정했다.

"내가 이런 말을 하는 건…… 뱀 때문이기도 해. 너를 물면 안 되잖아…… 뱀들은 못됐어. 재미로 사람을 물 수도 있다고……."

"나는 너를 떠나지 않을 거야."

하지만 그는 이내 안심했다.

"하긴 두 번째 물 때는 독이 없겠다……."

그날 밤 나는 그가 떠나는 것을 보지 못했다. 그는 소리를 내지 않고 빠져나갔다. 내가 그를 다시 찾았을 때 그는 빠른 걸음으로 결연하게 걷고 있었다. 그는 단지 이렇게만 말했다.

"아! 왔구나……."

그러고는 내 손을 잡았다. 하지만 다시 괴로워했다.

"오지 말지 그랬어. 힘들 거야. 나는 죽은 것처럼 보일 텐데 진짜 그런 건 아니야……."

나는 아무 말도 하지 않았다.

"이해하겠지. 거긴 너무 멀어. 이 몸을 가지고 갈 순 없어. 너무 무거워."

나는 아무 말도 하지 않았다.

"하지만 마치 버려진 낡은 껍질 같을 거야. 낡은 껍질은 슬프지 않아……."

나는 아무 말도 하지 않았다.

그는 조금 풀이 죽었다. 하지만 다시 힘을 냈다.

"괜찮을 거야, 알잖아. 나도 별들을 바라볼 거야. 별들이 모두 녹슨 도르래가 달린 우물 같겠지. 별들이 모두 나에게 마실 물을 부어줄 거야."

나는 아무 말도 하지 않았다.

"정말 재미있을 거야! 너한테는 방울 오억 개가 생기고 나한테는 샘 오억 개가 생기는 셈이니까……."

그리고 그도 입을 다물었다. 그는 울고 있었던 것이다…….

"저기야. 내가 한 걸음만 혼자서 가게 해줘."

그러더니 겁이 나서 주저앉았다.

그가 다시 말했다.

"있잖아. 내 꽃…… 나는 내 꽃에 책임이 있어! 그 꽃은 너무 약해! 그리고 너무 순진해. 세상으로부터 자신을 지키기 위해 가진 거라곤 가시 네 개밖에 없는데……."

나는 더 이상 서 있을 힘이 없어서 주저앉았다.

그가 말했다.

"자…… 다 왔어."

그는 다시 조금 망설이더니 일어났다. 그가 한 걸음 나아갔

다. 나는 움직일 수 없었다.
 그의 발목께에서 노란빛이 한 줄기 번쩍였을 뿐이었다. 한순간 그는 꼼짝도 않고 서 있었다. 비명도 지르지 않았다. 그는 나무가 쓰러지듯 부드럽게 쓰러졌다. 모래 때문에 아무런 소리도 나지 않았다.

그는 나무가 쓰러지듯 부드럽게 쓰러졌다

27

 이제 벌써 6년 전의 일이 되었다. 아직까지 이 이야기는 한 번도 한 적이 없다. 나를 다시 본 동료들은 내가 살아 돌아온 것에 대단히 기뻐했다. 나는 슬펐지만 그들에게 말했다. "피곤해서 그래……."

 이제는 슬픔이 조금 가라앉았다. 그러니까 완전히 가라앉은 것은 아니다. 하지만 나는 어린 왕자가 자기 별로 잘 돌아갔다는 사실을 알고 있다. 해가 뜰 무렵 그의 몸을 찾을 수 없었기 때문이다. 그렇게 무거운 몸은 아니었으니까. 그래서 나는 밤에 별들에게 귀를 기울이는 것을 사랑한다. 별들은 마치 오억 개의 방울 같다…….

 그런데 정말 놀라운 일이 있다. 어린 왕자를 위해 그려준 입마개에 가죽 끈을 달아주는 것을 잊어버린 것이다! 어린 왕자는 양에게 입마개를 씌울 수 없었을 거다. 그래서 나는 생각한다. '그의 별에서 무슨 일이 벌어졌을까? 어쩌면 양이 꽃을 먹어버렸을지도 몰라…….'

 때로는 '그럴 리가 없어! 어린 왕자는 밤마다 유리 덮개로 꽃을 덮어주고 양을 잘 감시할 거야……' 하고 생각한다. 이런 생각이 들면 행복하다. 그리고 별들은 모두 부드럽게 웃는다.

때로는 '어쩌다 한 번 마음을 놓기라도 하면 그걸로 끝이지! 어린 왕자가 어느 날 저녁 유리 덮개를 씌우는 걸 잊어버리거나 양이 밤중에 소리 없이 나오기라도 한다면……' 하는 생각이 들 때도 있다. 그러면 방울들이 모두 눈물로 변한다!

바로 여기에 깊은 신비가 있다. 나처럼 어린 왕자를 사랑하는 여러분에게나, 나에게나, 어딘지 모를 곳에서, 우리가 알지도 못하는 양 한 마리가 장미 한 송이를 먹었느냐 먹지 않았느냐에 따라 세상은 전혀 다른 곳이 되어버리는 것이다…….

하늘을 보라. 그리고 마음속으로 물어보라. 양이 꽃을 먹었을까, 먹지 않았을까? 거기에 따라 모든 것이 달라진다는 것을 알게 될 것이다…….

그런데 어른들은 아무도 그게 그토록 중요하다는 것을 결코 이해하지 못할 것이다!

이것은 나에게 세상에서 가장 아름답고 가장 슬픈 풍경이다. 앞 장과 같은 풍경이지만 여러분에게 분명히 보여주기 위해 한 번 더 그렸다. 어린 왕자가 지구 위에 나타났다가 사라진 곳이 바로 여기다.

 어느 날 아프리카의 사막을 여행하게 된다면 이 장소를 확실히 알아볼 수 있도록 이 풍경을 주의 깊게 들여다보라. 이곳을 지나가게 된다면, 부탁하건대, 서두르지 말고 별 아래에서 잠시만 기다려보라! 그래서 한 아이가 당신에게 다가온다면, 그가 웃는다면, 그의 머리카락이 황금빛이라면, 질문에 대답하지 않는다면, 그가 누구인지 짐작이 갈 것이다. 그러면 부디 친절을 베풀어주기 바란다! 이토록 슬퍼하는 나를 그냥 내버려두지 말고 그가 돌아왔다고 어서 내게 편지해 주길…….

앙투안 드 생텍쥐페리
ANTOINE DE SAINT-EXUPÉRY

1900년 6월 29일 프랑스 리옹에서 태어나 가족 소유의 성에서 누이 셋, 그리고 남동생과 풍요롭고 목가적인 어린 시절을 보냈다. 아버지 사망 후 아버지의 고향인 르망으로 거처를 옮겼고 엄격한 예수회 학교에서 교육을 받았다. 가족은 그의 비행을 극구 만류했으나 군 복무 기간 중 조종사 훈련을 받고 1923년 제대할 때까지 모로코와 프랑스 상공을 비행했다. 가족뿐만 아니라 약혼 관계였던 작가 루이즈 드 빌모랭 역시 그가 조종사가 되는 데 반대했다. 생텍쥐페리는 그녀를 위해 제대 후 평범한 직업을 갖기도 했으나 결국은 파혼에 이르고 만다. 1926년 단편 「조종사」를 출판하는 한편 라테코에르 항공사에 취직하면서 개인적으로 가장 행복하고 안정된 시기를 맞이한다. 당시 그에게 주어진 임무는 초창기의 구식 비행기를 타고 멀리 떨어진 아프리카 식민지나 남아메리카까지 우편 항공로를 개척하는 일이었다. 당시 사하라사막이나 안데스산맥 같은 험난한 환경에서 직접 경험한 일들은 『남방 우편기』(1929)와 『야간 비행』(1931)에 고스란히 녹아 있으며, 생텍쥐페리는 『야간 비행』을 통해 페미나 상을 수상하기도 한다. 같은 시기 그는 휴머니즘이라는 하나의 주제로 짧은 글을 여러 편 썼는데, 이를 읽어본 앙드레 지드가 장편소설로 발전시키라며 독려했고, 10여 년 후 『인간의 대지』(1939)로 재탄생했다. 생텍쥐페리에게 아카데미 프랑세즈 그랑프

리의 영예를 안겨준 이 작품에는, 그가 1935년 파리-사이공 간 비행 신기록을 세우기 위해 이집트로 출발하여 리비아사막에 추락했다 기적적으로 살아남은 경험이 생생히 담겨 있다. 이렇듯 비행과 글쓰기는 그에게 상호 불가분의 관계였다. 생텍쥐페리는 제2차세계대전 중 미국에서 망명 생활을 하는 가운데서도 『전투 조종사』(1942), 『어느 인질에게 보내는 편지』(1943), 『어린 왕자』(1943) 등의 작품을 꾸준히 집필했다. 뉴욕에서 먼저 발간되었으며 생텍쥐페리가 직접 삽화를 그려 넣은 『어린 왕자』는 그 독특한 시적 세계로 전 세계인의 크나큰 사랑을 받았다. 1944년 7월 31일 오전, 생텍쥐페리는 유년의 고향을 우회한 뒤 예정된 고도보다 낮게 정찰비행을 하던 중에 독일군에게 공격을 받고 니스와 모나코 사이의 해안가에 추락하여 길지 않은 생을 마감했다.

옮긴이 심영아

서울대학교 인류학과와 불어불문학과를 졸업하고 동 대학원 불어불문학과 석사과정을 수료했으며 이후 파리 5대학에서 심리학을 전공했다. 옮긴 책으로는 『살림하는 여자들의 그림책』, 『노년예찬』, 철학 에세이 '나는, 오늘도' 시리즈, 『몸단장하는 여자와 훔쳐보는 남자』 등이 있다.